三万の海

母の愛は恩讐を越えて

久嵜掬子
Hisazaki Kikuko

文芸社

わのまゝある
みつれうみの濱きよく
いゆきよ帰らい見れど
あかぬかも

獨杲

久々子湖
早瀬村
久々子村

三方五湖航空写真　雪谷山から（「三方町史」より）

三方《みかた》の海《うみ》——母の愛は恩讐を越えて

目次

はじめに

北陸路に風光明媚な所は多いが、福井県美浜町と若狭町の間にある梅丈岳（標高四〇〇メートル。別名三方富士と呼ばれる）の山頂より眺める展望は、まるで鳥瞰図を広げたようにまことに美しい。北側は荒々しい波の立つ日本海若狭湾が一望でき、南側は大きな湖が島や半島で複雑に仕切られて五湖を成し、まるで大自然の成せる箱庭のような美しい風景が広がっている。

この山々に囲まれた三方五湖は、手前が一番大きい水月湖《すいげつ》、その南側に次いで大きい三方湖、東側に菅《すが》湖、北側の日本海沿いに日向《ひるが》湖、さらにその東側遠くに久々子《くぐし》湖がある。淡水湖は最も上流の三方湖のみで、他の四つには塩分が混じっているという。

この三方五湖の美しさはすでに万葉時代に知られ、万葉集にも、

「若狭なる　三方の海の浜清美《はまきよみ》
　伊往《いゆ》き帰らい　見れど飽かぬかも」

（第七巻一一七七　詠み人しらず）

という歌が残されている。

この歌の「三方の海」とは、三方五湖全体を指すという説、またはそのうちの最南の三方湖とする説もあるが、三方郡の若狭湾沿岸を指したとも思われる（『日本古典文学全集・万葉集②』）。

水月、三方、菅の三湖は排水が悪く、湖岸は常に氾濫で悩まされていたので、寛文二年（一六六二）、小浜藩主は三方郡奉行方・梶原太郎兵衛と行方《なめかた》久兵衛に、海に通ずる久々子湖と水月湖をつなぐ水路の開削を命じた。その結果、二年の歳月と二十三万人の労力を費やして、大工事を完成し、この水路を浦見川と名付けた。そのおかげで、その後は冠水の難もなく今日に至っている。

五湖の一つ、久々子湖は、瓢箪形をした細長い湖で日本海に開いている。この湖が海に開いているちょうど接点に「早瀬」という寒村があった（現在の三方郡美浜町早瀬）。良港があるため、北前船の時代は、船の泊まりが盛んであった。

江戸時代から出雲、伯耆《ほうき》（現在の鳥取県西部）の国から鉄を運び、良質の稲扱《いねこ》き器「千歯扱《せんばこ》き」を量産し、それを全国に行商した特殊な村である。純粋な漁村ではなく、半漁業、半工業の村であったために、両隣の久々子、笹田村と違ってかなり裕福であったという。

男ばち

岡崎銀蔵の家は代々、早瀬村で千歯扱きの親方をして、村有数のお金持ちであった。漁村にしては、立派な門構えと黒板塀があった。

久《ひさ》は、岡崎家の三女として、近代日本の夜明けともいうべき明治元年（一八六八年）十二月二十一日に呱々《ここ》の声をあげた。

「銀蔵さ、銀蔵さ！　赤子が生まれたよ」

慌ただしく隣の嫁御のハナが、銀蔵のところに知らせに来た。銀蔵は離れの小屋で、暮れも迫って正月用のしめ縄作りや俵作りに余念がなかったので、その手も休めないで、

「そうか、それで男か女かね？」

と聞いた。ハナは「元気な女の子だよ」と言ったが、銀蔵は内心「また、女か」と思いがっかりした。それでもハナには「ご苦労さん、よろしく頼む」と礼を言った。

岡崎家の当主、銀蔵・シゲ夫妻はすでに四人の子供を授かっていたが、長男は三歳の頃、海に落ちて死亡、長女は一歳足らずで感冒をこじらせて死亡していた。やっと次男又吉、次女キ

クが無事に育っていたのであるが、次女は二年前に生まれているので、今回は是非とも男の子が欲しいところであった。だが長男、長女を夭折させてしまった銀蔵夫婦にとって、たとえ三女とはいえ、可愛いに決まっていた。

ようやく仕事を終えた夕方になって、銀蔵は産屋《うぶや》に顔を出した。日暮れの早い十二月は、あたりはもう薄暗く、小屋にはランプの明かりが灯っていた。シゲの横でスヤスヤ眠っている女の子を見て、銀蔵は気のせいか目のあたりが自分に似ているように思った。

「えらかったな、よう頑張ったな」

とシゲに声をかければ、シゲは、

「お前さん、また女の子で申し訳ない」

とすまなそうに銀蔵を見上げた。銀蔵の目は、シゲに向かって「いやいや、お互いだ」と言っているようにシゲには思えた。

産後一週間も過ぎると、銀蔵は女の子を「久」と名付けた。シゲも「小屋がり」といって産屋を引き払った。

久はいわゆる餅肌の色白で、切れ長の眼は、如何にも賢そうであった。岡崎家の子供は総じて皆利発であったが、久は特に幼少の頃より賢く、動作も機敏であった。しかも勝気で負けず嫌いのところがあった。二つ年上の姉キクは性格がおとなしく、人形やままごと遊びが好きなのに反して、久は四つ年上の兄又吉の真似ばかりして、いつも男の子に交じって遊んでいた。

久が五歳の、春なお浅い三月初めの頃である。近所の男の子たち五、六人が集まって棒取りごっこをして遊んでいた。久も棒を持ってそこに加わった。

「女は危ないから来るな」と一番年長の芳坊が怒鳴ったが、久は怯まない。棒を持って、男の子の方に進んでいった。久の倍ほど背丈のある芳坊に棒を取られた久は、棒を取り返そうとして芳坊の後を追っかけて行った。芳坊は傍にあった松の木に登ってしまったので、久も負けずにその木に登ろうとした。背伸びをすれば、久の手の届くところから枝が出ていたので、どうにかそこまでは登ることができたが、降りるに降りられず、久は木にしがみついていた。芳坊は、木の上で得意顔になって、

「お久にぼし、おかめひょっとこ、やーい、やーい」

と言って囃し立てていた。ところがほかの枝に移ろうとして、バランスをくずし、あっという間に木から落ちてしまった。

芳坊の頭から、みるみるうちに顔の方に真っ赤な血が流れ落ちてきた。落ちた時、右手をついたらしく右の手首がはれ上がり、痛くて動かすことができないらしい。子供たちはびっくりしてすぐ母親に知らせに走った。

「おばちゃん、芳坊が木から落ちて血を出してる！」

「どこで遊んでいたのかね?」

「松木乃浜で」

芳坊の母親は、すぐに子供たちについて行った。芳坊は、左手で松の木を指さした。見れば、久がまだ木に登ってしがみついている。登るには登ったが、怖くて降りられなかったのだ。

「久ちゃん、危ないから早く降りておいで」

と言って芳坊の母親は久を抱き下ろした。芳坊の出血はなかなか止まらず、顔色が青くなり、右手首もかなり痛がっているので、家から大八車を出して来てそれに乗せて、隣村の久々子の医者に連れて行った。

三十代半ばの相場医師は丁寧に診《み》てから、母親を呼び入れ、

「頭の傷は約五センチ切れている。比較的深いが絆創膏で傷口をくっ付き合わせることができる。右手は骨が折れているので、副木で三週間ぐらい固定した方が良い」

と説明した。暫くして芳坊は、頭に包帯を巻かれ、右手首に副木を当てて固定され三角巾で吊って貰った。

久の母親シゲは、久から事の次第を聞き、芳坊の家に久を連れて謝りに行った。

「お前さんとこの芳坊を怪我させて本当に申し訳ない。家の久は男ばち(おてんば)で困る」

と持ってきた菓子折りを差し出した。久は黙って俯いていた。「久、黙ってないで謝りなさ

い」と厳しい口調でシゲは久を叱った。

「おばさん、ごめんね……」

久は蚊の鳴くような細い声を出したが、決して涙はみせなかった。芳坊の母親は、

「いやいやシゲさん、子供の喧嘩はお互いだでね。苦にせんといておくれ」と明るく言い、

「こんなに気を遣ってもらって、かえって悪かったのう」と頭を下げた。

シゲは帰り道、村はずれの堂さん（観音）に久を連れて行き、

「この男ばち、今日こそは、おっかあはお前を許さないから、この堂さんに心から詫びて来い。あのお天とうさんが海の向こうに沈んで暗くなるまで、絶対に家に帰って来るな」

と厳しい口調で久に言い渡した。

それから二時間ばかり経ち、夕暮れ時になり、銀蔵が仕事を終えて帰ってきた。シゲは、今日の出来事を一部始終、夫に話した。まだ何といっても五歳の子供で、叱られても親が恋しくなって帰って来てしまうのに、久は帰ってこない。シゲも心配になり、「お前さん、ちょっくら久を迎えに行っておくれ」と頼んだ。銀蔵は二つ返事ですぐ迎えに行った。

この観音様は、「奥の堂」といって阿弥陀如来、不動明王、毘沙門天、薬師如来、聖観音菩薩などの諸仏像が祀られていた。これら諸仏像は相当古くから祀られ、例えば阿弥陀如来坐像の膝裏の墨書銘には「大願主、藤原正徳、弘安六年（一二八三）三月自二十六日奉始之」とあ

る。大人の足でゆっくり歩いても十分位の少し小高くなった丘の上の森に、観音堂は立っている。あたりは早《はや》薄暗くなりかけていたが、日脚が少しずつ長くなってきた早春の太陽は、沈みきるにはまだ少し時間があった。

「久、お前はそこで何をしている？」

銀蔵は観音堂の縁にしゃがみこんでいた久を見つけて、優しく声をかけた。

「……」

久は何も答えず、哀願するような眼で父親をみたが、暫くすると大粒の涙を流しながら父親に抱きついてきた。「さあ久、寒いでもう帰ろう」と銀蔵は更に叱る気はなく久をうながしたが、久は黙ったまま動こうとしない。早春の風は冷たく久の体は冷え切っていた。銀蔵は、「外気しょうぞ（風邪をひくぞ）」と自分の襟巻きをはずして久の頸に巻き、持ってきた一握りの金平糖を久に差し出した。

「やるに、ほれ食え」

久は喉から手が出るほど欲しかったが、取ろうとしなかった。「ほれ、食え」と三度目にようやく久は、父の手から自分の手に十粒ほど受け取り、口にした。何とその味が、美味しかったことか。久は、この時の味が幼心に刻みついて、ほのかな思い出と共に一生忘れることができなかった。当時、早瀬のような片田舎では金平糖のような菓子は手に入らず、銀蔵が鉄の仕入れに行った時、大阪で買ってきたのである。子供たちにいつも与えるのではなく、褒美とか祭りとかの折に限って与えていた。

「さあ、帰ろう」銀蔵は再度、久を促すが、それでも久は動こうとしない。金平糖を口にしてようやく気分が落ち着いたか、久は初めて口を開いた。

「おっかあが、お天とうさまが沈んで暗くなるまでは絶対に帰ってくるなと言ったで、まだ帰れねえ……」

と蚊の鳴くようなか細い声で言った。

「ほっか。それじゃあ、おとっつぁんも一緒にいてやるから」

と言って、銀蔵は冷えた久の体を抱き寄せた。

「のう久、お前は男ばちだで、姉やんみたいにおとなしくせなあかんぞ」

と銀蔵は言い含めた。久は、

「わしが悪いんじゃあねえ、芳坊が先にわしの棒を取ったんだ」

と泣きべそをかきながら銀蔵に訴えたが、もうそれ以上二人は何も言わず、じっと中の観音像を眺めていた。暫くすると、あたりが茜色に染まったかと思うとすぐに暗くなってきた。銀蔵は、「さあ、帰ろう」と自分の着ていた袢纏で久をくるんで負ぶって帰った。帰り道銀蔵は、この子はなかなか根性のある子だと内心思った。

この出来事は、久が大人になってからも、一生忘れることはなかった。久は何が原因で叱られたのか思い出せなかったが、ただ観音堂に連れて行かれ、一人ぼっちになり、夕方父が迎えに来てくれて、父の背中に負ぶってもらって家に帰ったことを断片的に思い出すことができた。やがて大人になって久は、人一倍信心深い性格になって行くのであるが、この性格は、すでにこの頃、心の奥に芽生えていたのかも知れない。

就学

明治になると、文明開化の波が日本中くまなく押し寄せてきた。明治四年には廃藩置県が実施され、明治五年八月に明治政府は、「一般の人民（華士族農工商及び女子）は必ず邑《むら》に不学の戸なく、家には不学の人なからしめんことを期す」という太政官布告をもって全国に学制が施行された。早瀬にも、明治五年に村の瑞林寺の一画を教場として、聚奎《しゅけい》学校ができた。

学校とはいっても、今までの寺子屋を少し改良したようなものであった。教室は本堂で、教室の入り口には大きな字で学校式目として、次のように書かれていた。

「人と生まれて物を書かざるは人にあらず。且《かつ》は師の恥、且は親の辱、すべて其の身の恥辱なり」

こうして児童の向学心をかきたて、近世になって読み書きができるということは、人の人としての条件のようになり、児童は毎朝、授業の始まる前に全員でこれを暗誦したのである。開校当初は親の無理解で就学せぬ児童も多く、児童は三十名余りであった。先生は和尚夫妻で、和尚は読み、書き、ソロバンを担当し、内儀は高学年の女児に裁縫、行儀見習いを教えた。小学校は上等と下等に分けられ、下等は六歳から九歳までの四年間、上等は十歳から十三歳までの四年間とした。

当時、女の子が学校へ行くことに理解を示さなかった親は多かったが、岡崎家では進んで子供は全員学校へやった。久の兄又吉と姉キクは、開校と同時に入学した。六歳からの入学であったので、翌年明治六年の春には、久も入学した。入学式の日、

「おっかあ、早よう行こう」

と久は母親の手を引っ張った。

「兄いも姉えも先に行ったよ」

「まだ早い。式は十時からだよ」

久は一張羅の赤いべべを着せてもらい、赤い手提げに実語教（経典の格言を抜書きし、声をあげて読むのに便利にした教訓書）を入れて、まだかまだかと待っていた。

「久や、よう似合って可愛いのう」と祖母のミネが褒めたが、すぐに「久や、そんないいべべを着て男ばちになったらあかんぞ。おとなしくしておれよ」とたしなめた。久は「うん」と頷いた。

こうして明治六年の春、久は村の小学校「聚奎学校」の一年生となった。勉強が好きで、持ち前の負けん気を出して、どんどんと上の生徒を追い抜いていった。特に手習いは得意で、い

つも教室の後ろに貼り出されていた。算数も得意中の得意で、九九も早く覚えてしまった。

毎年春には学校で、全生徒を集めてソロバン大会を開く。久は入学して二年目、即ち七歳の時、久よりも年上の子も大勢いたが、ソロバン大会で優勝したことがあった。久は「優勝」と書かれた小さな賞状を貰い、有頂天で家に持ち帰り、母親に見せた。

「おっかあ、一番になった！」

と言って、褒美に貰った小筆と墨を差し出した。シゲは「ホウ、ようやった。お前は頭がいいのう」と褒めたが、すぐに「兄いや姉えに威張ったらあかんで」とたしなめた。久は両手いっぱいの菓子を貰い、得意顔で外に遊びに行った。

海に落ちた帽子

学校では、各学年の子供がいるので、とても和尚夫妻だけでは、子供達を十分に教育することができなかった。隣村の医師・相場清太郎や村の比較的学力のある者にも応援を頼んだ。相場清太郎は上等学級の理科と修身を担当した。

久が、相場医師に初めて会ったのは、九歳の夏の、ある午後であった。

下等学級の授業は午前中で終わる。午後からは、夏ともなれば子供達は毎日のように、短い夏を惜しんで海で泳いだ。久も、「ウッショ（海水）浴びに行こまい」と近所の子供達を誘って海に泳ぎに行った。その日、約一時間ぐらい泳いだり遊んだりしていた時、俄かに空が曇ってきた。空を見ると山のあたりは、黒い雲で覆われ、遠くでゴロゴロと雷が鳴っていた。「ハタガミ（雷）さんが鳴っているで、もう帰ろう」と言って、みんなは海から出て浜の松の木の根元に脱いでおいた着物を着ていた。その時、浜辺に沿った道を一台の人力車が通りかかった。サーッと急に強い風が吹いたと思ったら、人力車の主の帽子が吹き飛んで、久達のいる近くまでコロコロと転がってきた。久は、思わず帽子を追いかけて行ったが間に合わず、帽子は海の中に入ってしまった。久は着物を着ていることも忘れて、海の中に入り胸のあたりまでビショビショに濡れたが、帽子を拾うことができた。人力車まで走って行き、車夫に手渡した。当時、村で人力車に乗れる身分の人は、村長、医者、和尚ぐらいしかいない。久は、人力車の主が誰であるか知る由もなかったが、「三歩下がって師の影を踏まず」というような儒教思想の強かった当時の子供は、皆礼儀正しかった。久はうやうやしく礼をして立ち去ろうとしたが、人力車の人は、

「これこれ、お前はどこの子じゃ」

と久に向かって優しい声をかけた。

「早瀬の岡崎久です」

久は人力車の人を見上げて、はっきりと答えた。

「そうか、よく拾ってくれた。ありがとう」

と再び声がかかったが、急いでいるのか人力車は足早に去って行った。久達は、暫く人力車が去って行くのを見ていたが、雷の音がだんだん大きくなり今にも降り出しそうになったので急いで家に帰った。家に帰り着いた途端、大粒の雨がザーッと降り出し、ゴロゴロ、ピカピカ、と小一時間続いたであろうか。やがて夕立は上がり、大きな虹が山から海へとくっきりと架かっていた。久はこの美しい虹を見ながら、今日の出来事を祖母のミネに話した。ミネは

「うん、うん」と頷きながら聞いていたが、「お前はほんにいいことをしたのう」と久を褒めた。

この人力車の主が、隣村久々子の医師・相場清太郎であり、やがて久の義父になるであろうとは、二人とも思ってもみなかったのである。

翌日、相場家からは、お礼に立派な菓子折りが届き、久は大喜びであった。

千歯扱き

岡崎家では、祖父伊三が男衆三人を雇い千歯扱きを生産し、父銀蔵が五月ごろから十二月ごろまで、主として東北、佐渡方面に千歯扱きの行商に出かけた。冬の間は村に戻り、出雲、伯耆に鉄の買い付けに出かけたり、大阪ではより安い千歯扱きを買いつけたりした。

早瀬の特産の一つ、千歯扱きの製造と行商がいつ頃から始まったかについては、いくつかの

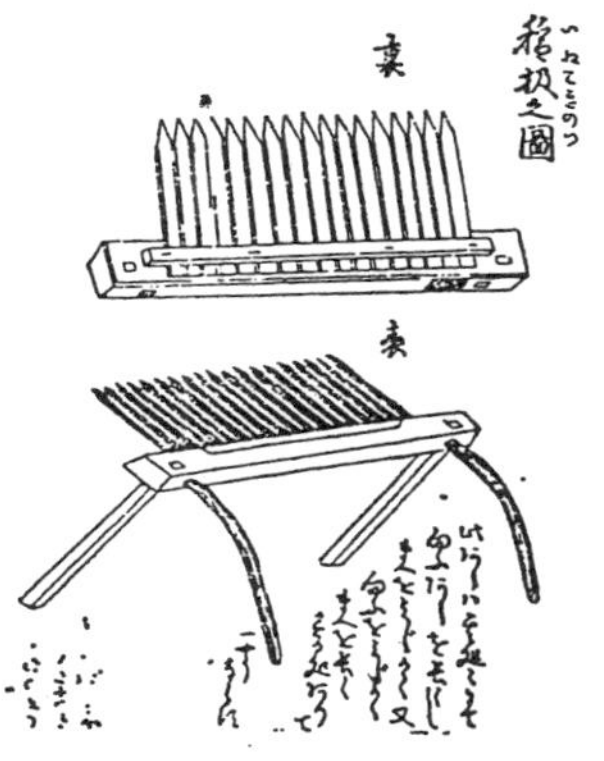

稲扱き器（『農具便利論』より）

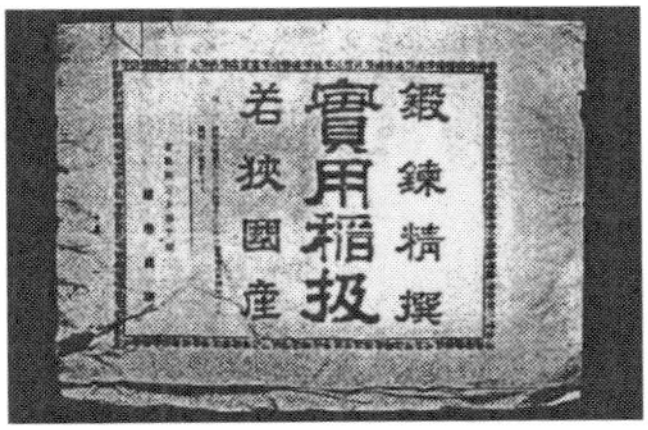

稲扱きの針歯にかけた紙袋

（『ものいわぬ群れ―地方史物語―西国篇』より　林英夫編　いずれも新人物往来社）

断片的な記述が残されているだけだ。郷土史『ものいわぬ群れ―西国篇―地方史物語』（林英夫編）、河田貫三編『福井県物産誌』（明治三十五年刊）、早瀬部落の村はずれに立っている早瀬稲扱き器の創始者寺川庄兵衛を記念した丈余の碑（明治三十一年十一月建立）の碑文などによると、早瀬稲扱き器は以下のような沿革を経ている。

最初の製作者寺川庄兵衛は、文化八年（一八一一）五月五日、代々早瀬に住む商家に生まれた。文政十年（一八二七）、十六歳の時、農家で使用中の稲扱き器が粗雑であることに気づいた。そこでこれを改良することを志し、当時稲扱き器の産地として、また製鉄の盛んな土地として知られた出雲、伯耆に出かけて製鉄法を見聞し、更に四国地方において紡績に使用する紡錘の焼刃法を習得した。その後、早瀬に帰り錬鉄をもって、鋼に劣らない焼刃法を発見したという。

こうして工場を創設し、子弟を指導し、仕事場を設けてから三年後の天保五年（一八三四）、稲扱き器の歯に焼刃を入れることを案出するに至った。また、この製品を販売するために、行商人を募って販路の拡大にも努めた。庄兵衛は行商人の中から、「士気の機敏なるもの」を選んでこれを引率して越前、越中、越後方面から奥州、出羽に行商して好結果を得た。早瀬の稲扱き器は「他の模倣し得ざる良品」であったので、諸国の領主も販売を認許し、なかでも奥州領では「御用鍛冶」の認印を得るに至った。さらに製品の盛名は、仙台地方では「若狭を以て稲扱き器の代名詞と為すに至れり」（碑文）とされる程、製品の信用が高かったという。

こうして明治十五年まで年々、七、八十名の行商人が諸国に散っていった。この七、八十名という人数は、元治二年（一八六五）に早瀬村の世帯数が二百七世帯であったから、ほぼ三分の一近い世帯の者が行商に従事していたと推定される。さらにこの時の人口九百六十三名であるが、この他、安政四年（一八五七）から元治二年にいたる八年間に、男（八十五人）女（四十五人）合わせて百三十人の者が行方不明になったとある（三方郡早瀬村諸色帳）。人口に比して行方不明者が異常に多いのは、行商の途中で行き倒れたり、出先でそのまま土着した者たちであろう。そうでなくてはこの異常に多い行方不明者を理解できないのである。

春になれば、ワカメづくり、田畑の仕事もあり毎日忙しい日々を送っていた。シゲは久を出産した二年後に、弟義三、更にその五年後には末弟孝平を出産した。シゲは、この七人目の孝平を出産した後、産後の肥立ちが悪く、ときどき微熱が出たり、また時には高熱が出ることもあった。それでも銀蔵の行商中は、義母ミネと二人でしっかり家を守り、幼子五人を育てたのである。

シゲは華奢な体つきではあったが、元来丈夫であった。しかし、舅、姑に仕え、五人の幼子を抱え、かなり日々の無理が重なっていた。特にこの一年は、義父の伊三が代祝子《ほうり》の役を引き受け、山王祭の当番町に当たり、子供芝居に十二歳の又吉と六歳の義三の二人の子が出演するので芝居関係者の接待や世話で、シゲには相当な負担が掛かっていた。山王祭が無事に終わると、安心したせいか、急に高熱を出して寝込んでしまった。

母の死

北国の春は遅く、五月になるといろんな花が一斉に咲き出し、木々も芽吹いてくる。シゲは高熱が二日も続き、寝床から起き上がることができなかった。

「おっかさん、すまんのう、義三や孝平の世話をしてもろうて」

「シゲさんも熱が下がらないので、一度医者に診て貰わねばあかん。今日はじいやんに頼んで、久々子の医者に連れて行って貰うでのう」

ミネはシゲに、優しく声を掛けながら重湯を持ってきた。夫の銀蔵は大阪まで用足しに出て家を留守にしていた。伊三は、仕事を休み、鍛冶場の男衆に頼んでシゲを布団に包み、大八車にのせて久々子の相場医師の所まで連れて行った。

「先生、嫁の熱がなかなか下がらず、飯も水も摂れず、だんだん弱ってきたので診て欲しいのだが」

と伊三は頭を下げた。

「いつ頃から熱が高かったかのう」

「約一ヵ月前から、熱が出たり下がったりしていたが、三日前から熱が下がらず、飯も水も喉を通らんでのう」

とシゲが蚊の鳴くようなか細い声で答えた。相場清太郎は木の聴診器をシゲの胸に当て音を聞いていたが、

「どうだ、しょんべんはとれるか。しょんべんを診《み》れば、熱の原因が判るかもしれん」

と言った。シゲは差し出された小さな丸いガラスの入れ物を持って、ようやく便所まで行った。暫く便所でしゃがんでいたが、なかなか尿が出なかった。仕方なく便所から出て湯のみに一杯の水を飲んだ。三十分ぐらい休んで、ようやく少しの尿を採ることができた。高熱が続き食事や水分を摂ることができなかったので、脱水状態になり、尿もなかなか出なかったのである。ガラスの入れ物に採った尿は、一見してわかる位、濁っていた。相場清太郎は、

「熱の原因は腎臓の病だ。できるだけ涼しい風通しのよい所に寝かせ、無理にでも水分は十分に与えるように」

と指示し、解熱剤を処方した。

以後、ミネ一人ではとてもシゲの看病がしきれず、隣の嫁御のハナや学校から帰って来たキクや久等も手伝った。彼女らの懸命な看護の甲斐あって、ようやく三日目頃から熱が下がり始めた。

ちょうど一週間後に大阪から帰ってきた銀蔵は、シゲの余りにもやつれた姿を見てびっくりした。

「シゲ、お前、大丈夫か?」

「お前さんの留守に、皆にえらい迷惑をかけてしまってすまないことでした。でももう熱も下がり、気分も大分良くなったので安心しておくれ」

「十分に休養して飯を食わねばあかんぞ」

と銀蔵は優しくシゲを見ながら言った。シゲは少しずつ熱も下がり、食事も摂れるようになったので、姑にいつまでも寝ていると申し訳ないという遠慮もあり、末子の孝平を籠に入れて子守をし始めた。

「まだ起きるのは早い、もう少し寝とらにゃあかん」とミネが言えば、シゲは「お義母《かあ》さんに迷惑ばかり掛けて申し訳ないで、今日は気分が良いので心配せんでおくれ」と少しでも姑に世話をかけまいと懸命に頑張った。

やがて六月に入り、芽吹いた木々も一雨ごとに青さを増してくる頃になると、村人達は三々五々、千歯扱きの行商に出かける。銀蔵は、毎年五月の中旬には行商に旅立つのに、妻シゲの容態が案じられて、その年は旅立つのが遅れていた。その年は山王祭で当番町に当たり、二人の息子を芝居に出しかなり出費も嵩んでいた。毎年一緒に旅に出る留吉夫婦や正三郎夫婦のことも考えてやらねばならず、一方ではゆっくりしておれない気持ちと、妙にシゲの体調が気に掛かって複雑な気持ちであった。銀蔵は、千歯扱きやワカメ、その他旅の着替えやもろもろの小物などは、すでに山形の定宿「角屋」に荷造りして船で送っていた。

「おとっつぁん、シゲがどうも元気がないで、今年は行くのを止めて留吉や正三郎夫婦だけで行ってもらおうかのう」と銀蔵は父伊三に話しかけた。伊三は、

「そりゃ、お前の気が済むようにすりゃいい。だがシゲも大分良くなって、元気が出ているようだ。今年は山王祭で出費も多かったで、行くのを止めりゃあ損も大きいで」

と言い、銀蔵は決めあぐねていた。

そうこうするうち、梅雨の中休みか、ある晴れた日の朝、シゲは気分がよいのか、朝から起きて陽の射す縁側で孝平の子守をしていた。シゲは畑から帰ってきた銀蔵を見つけて、

「お前さん、今年も早く商いに行っとくれ。留さんや正さんが待っとるで。わしのことならもう大丈夫だよ。日が経てばもっと元気になるから」

と出立をうながした。銀蔵はいつまでも迷っているわけにも行かず、シゲのその言葉を聞いてやっと行商に出る決心をした。シゲが病んでからは、ミネが二人の幼子を抱いて寝ていた。銀蔵夫婦は別々の部屋で休んでいたが、銀蔵は出発の前の晩はシゲの寝床に入ってきた。長年そうして来たように、これから半年以上も別々に暮らさねばならぬ夫婦にとっては当然のこと

であった。

「シゲ……」と言って銀蔵は、なるべくそっとシゲの布団に滑り込んできた。シゲは、屈強な体つきの夫を迎え入れるため、少し横に除けてスペースを作った。

「シゲ、わしは明日から商いに出るでのう。一日も早く元気になっとくれ」

銀蔵はシゲを抱き寄せながら言った。

「お前さん、気をつけて行っておくれ」

二人の会話はこれっきりで、シゲは夫のなすがままに身をまかせた。銀蔵はシゲの胸のあたりをまさぐっていたが、三十五歳の半ばとはいえ、早《はや》七人もの子供を産み、病でやせ細った体は、乳房もお腹もたるんで、皺々であった。銀蔵は若き日のシゲは、太からず細からず肌はピチピチとして抱き甲斐があったことを思うと、今自分が抱いているシゲは、余りにも細くいたしくて、もうこれ以上なにもする気がしなかった。しかし皮肉にも銀蔵の意に反して股間のものは最高に張り切り、しかたなく銀蔵は自分の手で果てたのである。

「シゲ、お前もうちょっと良く食べて、肥えて元気にならねばいけねえ」

「本当だ、今度お前さんが帰ってくる時はきっと元気になっとるでね」

これが夫婦二人だけの最後の会話となったのである。

翌六月四日、銀蔵は両親に向かって出発の挨拶をした。シゲは気分が良いのか、寝床から起き出して、庭の門まで見送った。この時銀蔵は、にっこりと笑顔で見送ってくれたシゲの顔が忘れられず、なぜか後ろ髪を引かれる思いであった。

伊三、学校から帰ってきた又吉、キク、久、そして孝平を背負って義三の手を引いたミネらが港まで見送りにでた。この時、一ヵ月後にシゲが黄泉《よみ》の国に旅立つなんて誰一人想像する者はなかった。


雨の日ばかりが続いた。この季節は、村では親子、兄弟姉妹、夫婦、或いは親戚同士が三々五々、組をなして行商に旅立ち、残るは女、子供、老人、千歯扱きや鋸等の職人ばかりの寂しい村となる。

シゲは銀蔵が旅立った十日後より再び発熱した。六月の長雨がシゲの体に良くなかった。当時の子供は六歳頃になると、年齢に応じて男の子は外の仕事、女の子は拭き掃除やお勝手の手伝いをした。久は朝六時に起きると、顔を洗って姉と一緒にまず母のところに行き、

「おっかあ、あんばいは？」

と額に手をやって、熱があれば手ぬぐいで冷やしたり、祖母の作ってくれた重湯やお茶を飲ませたりした。キクと二人で家の中の拭き掃除をして、朝食を食べて、母に「学校に行ってきます」と挨拶して出かけるのが日課だった。岡崎家の子供たちは、絶対に学校を休まなかった。

八歳頃といえば、まだまだ母親に甘えたい年頃なのに、久は姉のキクと共に祖母を助け、幼い弟たちの面倒をみたり、母親に付きっきりで看病した。

シゲは、初めのうちはよろよろしながらも、這うようにして便所にだけは行っていた。当時の農家の造りでは、便所は「雪隠《せっちん》」といって汲み取りやすいように家の外に作られていた。シゲは、久たちが学校から帰るのを待って子供に支えてもらい、用を足すことも多かった。しかしそのうちすでに便所まで歩くことさえできなくなってきた。

「シゲさん、無理に便所に行かんでも、おしめを当てたらええ。わしが代えてやるから」

とミネは優しくシゲに言った。シゲは「おおきに、お義母さん、すまないのう」と言ったが、心では下の世話だけは姑に迷惑を掛けまいと頑張ってきたのに情けなくて、涙がぽろりと落ちた。

シゲは、おしめを当てるようになってからは日毎に弱ってきた。熱も下がらず相場医師からもらってきた解熱剤も効かなくなってきた。六月半ば、相場医師に往診を頼んだ。祖父の伊三は、

「治る見込み、どうだろうか?」と、最近は夜となく昼となく眠っていることの多いシゲの顔をのぞきこんで相場医師に尋ねた。相場医師はじっと考えていたが、首を横に振りながら、

「この前、診た時よりずっと悪くなっている。ばい菌が血の中に入って全身をまわっている。

丹毒だと思う」

という返事である。今でいう敗血症である。伊三は、

「先生、あとどの位もつだろうか?」

と恐る恐る尋ねてみた。

「はっきりは言えんが、そう長くはもつまい。銀蔵さんには知らせといた方が良い」

と医師は渋い顔で言った。

明治五年七月に若狭地方(高浜、小浜、熊川、安賀里、佐柿の五箇所)に初めて郵便取扱所ができ、その二年後の明治七年には、難波江、本郷、五十谷、日笠、早瀬の五箇所に増設された。しかし今でいう速達、電報の制度はまだなかった。

銀蔵は、シゲの容態が心配であったので、秋田の常宿「角屋」には、常に連絡をとっていて思わしくないことは知っていたが、緊急事態になっていることは知らなかった。伊三は郵便ではとても間に合わないと思い、ちょうど船の便があったので、若い男衆の一人亀吉を秋田に向かわせた。

シゲの容態は日に日に悪化し、意識も薄れがちであった。昏々と眠り続け、名前を呼べばうっすらと目を開く程度であった。重湯や茶を飲まそうとしても、首を横に振るばかりであった。このような状態が続いたが、朝からとても蒸し暑かった七月二日、急に熱が下がった。気

分がよいのか、シゲは少し重湯をすすった。いつも目を閉じて眠っているのに、その日は朝からぱっちりと目を開きミネにしきりに「お義母さん、すまない」と言っていた。

学校から又吉、キク、久の三人が帰ってくると、シゲは枕元に呼び寄せた。伊三やミネは幼い義三と孝平を連れてきて、子供全員がシゲの枕元に集まった。シゲはやはり一番下の孝平が最も気に掛かると見えて、孝平の名を呼んで抱き寄せ盛んに頭を撫でていた。

「いい子になれや」

孝平は無邪気に母に抱かれていた。そして又吉、キク、久の三人に向かっては、

「じいやんとばあやんの言うことを良く聞いて、りこもんになれや」

と蚊の鳴くようなか細い声で言い、大粒の涙を流した。又吉達三人の子供は「おっかあ、おっかあ」と言ってシゲの手を握ってわんわん泣いた。伊三もミネもそっと目頭を押さえた。

その後シゲは、丸二日昏睡が続いた。明治八年七月四日、この日は残り梅雨で朝からしとしとと雨が降り、蒸し暑い日であった。シゲは相変わらず眠り続け、伊三夫婦も気が気ではなかった。

午後五時過ぎ、シゲの呼吸が荒くなったので相場医師を呼びにやった。先生は急いで駆けつけてくれ、脈をとったり聴診器で心臓の鼓動を聞いたり、目を開いて診ていたが、午後六時、ついに「ご臨終です」と伊三に告げた。伊三は、「先生、長い間何度も診ていただきありがと

うございました」と礼を言った。シゲの両親、岡崎家の家族、親しい村の人たち等の大勢の見守るなかで、シゲは静かに息をひきとった。

皆は三十五歳という余りにも若い年で小さい子供を置いて黄泉の国に旅立ったこと、また最愛の夫が臨終に間に合わなかったことなどを哀れんで涙した。十二歳の又吉は、もう死というものを理解できる年なので、「おっかあ、死んじゃあいやだ」ととりすがって泣けば、キクも久も同じようにとりすがって泣いた。久は八歳で、八歳といえば物心がついているようで、まだ死というものをはっきり認識できぬ年頃であった。ミネが、

「おっかあは、眠っているだけだから、また起きてくれるから……」

とキクや久に言って聞かせた。久は本気で「きっとまた目をあけてくれるね?」と念を押した。ミネは「うん、うん」と頷くしかなかった。

秋田に行商に行っていた銀蔵が、亀吉を連れて夜を日に継いであたふたと帰ってきたのは、シゲが息をひきとってから約二時間後の午後八時ごろであった。

「おーい、今帰ったぞ!」

銀蔵は、旅のわらじを脱ぐのももどかしく、ハーハーと息を荒立てながらシゲが寝ていた部屋に入って行った。日脚の長くなった夏でも午後八時ともなれば、もうあたりはすっかり暗くなっていた。シゲはすでに仏間に移され、北向きに寝て顔には白い布が掛けてあった。銀蔵は

白い布をとり、シゲの顔を覗き込んだ。ボーッとランプに照らされたシゲの顔は、穏やかで微かに唇が動いたような気がした。

「シゲ、シゲ！　俺だ、銀蔵だぞ。今帰ったぞ！」

と銀蔵はまだ息を弾ませながら、シゲの手をとった。その手はまだ心なしか温もりが残っているように思えた。銀蔵はその時、周りに両親や子供たちがいるのに、はっと気が付いた。

「おとっつあん、おっかさん、すまなかった。間に合わないで、可哀そうなことをした」

と両親に向かって深くうなだれた。伊三は、

「うん、残念だったが二時間前に息をひきとった。何も苦しまないで穏やかな死に際だったぞ」

銀蔵はその場にどっと崩れて「ウオンウオン」と男泣きに泣いた。

「シゲ、すまない。間に合わないで許しておくれ」

と遺体にとりすがって泣き、そのいかつい手で溢れる涙をぬぐっていた。久は父がこのようにして激しく男泣きしている姿を見るのは、勿論初めてであり、久の瞼には一生涯この時の父の姿が焼き付いていた。

こうしてシゲは、明治八年七月四日、三十五歳の若さで五人の子供を残して他界した。銀蔵四十三歳、又吉十二歳、キク十歳、久八歳、義三六歳、孝平一歳の夏であった。

五日の夜、シゲの通夜が行われた。まず村中にふれをだし、次いで親戚にも通知していたので、夕方になると人々が集まってきた。ちょうど早瀬では、一家の働き手は行商に出て年寄りが多かったが、それでも百五十人位の会葬者があった。

僧侶の枕経、村人の焼香が終わると、村人も一人帰り二人帰りして、親戚と家族だけになった。ミネは、又吉、キク、久に、「早く寝なければいけない。明日の朝が早いで」とたしなめた。久はキクと一緒に寝床に入ったが、大勢の親戚が来てがやがやとしているので、なかなか寝付けない。そっと二人は外に抜け出し、子供心にもう母には再び逢えないような気がして手をとりあって泣いた。空には満点の星が降るように輝いていた。

六日は葬儀が行われた。ミネ、シゲの妹、隣の嫁御ハナは、シゲの体を拭き、顔は薄化粧して、上等の着物を着せ、その上に帷子《かたびら》を左前に着せ、手甲、脚絆《きゃはん》を着け、白足袋、わらじを履かせた。それが終わると銀蔵や伊三、男衆が四、五人で座棺に納棺した。読経が終わり、続いてシゲの棺をサンマイ（埋葬所）に送る時が来た。座棺の蓋がもう一度開けられ、シゲの顔を見て最後の別れを惜しんだ。

祖母も父も目頭を押さえていたが、久はもう涙は出なかった。久は、母のこの野辺送りの様子を、後年になっても、はっきりと思い出すことができた。葬儀にはまず先旗、僧侶、生花、盛り物、先香炉、位牌、輿《こし》、天蓋、喪主、昼飯、湯茶、供え物、盛り物、後香炉、後旗と続く習慣がある。棺は輿に載せて四人の男に担がれ、父は位牌を持って輿のすぐ後に続いた。輿には禅の紐という一反の長さもある木綿の白布が付いていて、行列に加わる人たちはこれを手にして順に繰り出して行った。

「お前たちはここを持て」とミネは、三人の孫に輿のすぐ近くの禅の紐を持たせた。墓地は、瑞林寺のすぐ裏手の山を切り開いた小高い所に、段々畠のように並んでいたが、なぜか葬儀の行列はその墓地に向かわないで、反対側に向かった。反対側のやや平地になった土地には前夜から男衆によって人の丈程もある大きい穴が掘られ、シゲの棺はやがてそこに埋葬された。父が最初に土をかけ、ついで祖父、祖母、子供達がひと鍬ずつ土を掛けると、後は棺の輿を担いできた男衆が全部土を埋め終えた。埋め終えると、土を盛り上げて、その上に石を置き位牌を安置する。その周囲には、旗ざおを立て、供え物や盛り物を飾って埋め、墓を作ったのである。

後に久は祖母や姉と一緒に母の墓参りに行く時、祖母は瑞林寺の横にある岡崎家の墓に連れて行ってくれたが、久はどうしても「母を埋葬した所へ連れて行ってくれ」とせがんで、ミネを困らせた。当時の墓制は両墓制といって、埋め墓と参り墓とを別々の所に作る制度であった。

父の再婚

久は、母親シゲの四十九日の法事を迎える頃までは元気がなく、

「おっかあに会いたい、おっかあはどこに行った?」

とミネを困らせた。久は絶対に涙を見せなかった子だが、それでも暗くなってくるとしょんぼりして、時には寝る時、キクが布団の中で泣けば、二人して一緒に泣いた。

祖母のミネはちょうど六十歳を迎え、とても一人で五人の子供の面倒や、家の中の切り盛りはできず、親戚の者が手伝いに来てくれていた。特に七歳の義三と二歳の孝平には手がかかり難儀した。「銀蔵も一周忌の法事が済んだら、早く新しい嫁を貰わねばいかん」と伊三夫婦は話していた。

明治九年七月、シゲの一周忌を済ませた。その年の暮れ、銀蔵は亀吉夫婦と共に家に帰ってきた。東北で千歯扱きを売り、秋になって稲の収穫が終わる頃に集金して廻り、その代金の一部でリンゴや生活用品を買って帰った。このように年末にはかなりの収入があったので、売り子の亀吉に三円、その嫁には二円、家の男衆にも三円もの祝儀を弾んだ。正月には上の四人の

子供を呼び寄せて、又吉に三銭、キク、久に二銭、義三に一銭のお年玉を弾んだ。久はこのお年玉と、姉とお揃いの上等の着物を着るのが何よりも楽しみであった。

上等学級になると、女の子は裁縫が必須科目になる。久は姉のキク程上手ではないが、裁縫も結構上手であった。手習い、算数、ソロバンも相変わらず成績がよく、上等学級では裁縫も上手かったので、和尚夫妻からは一目おかれていた。

一番下の孝平はようやく二歳になったばかりで、半年以上も家を留守にする父の顔も覚えておらず、銀蔵が、「抱いてやるにこっちへ来い」と言っても、用心深く銀蔵の顔ばかり見て傍へ寄って来ないので、銀蔵が大きい声を出すと、とうとう泣きじゃくって祖母のところへ行ってしまった。銀蔵は、亡くなったシゲのことを思うと、気が進まなかったが、母ミネや、この子供達のためにも早く嫁を貰わねばと考えるようになった。

銀蔵は、正月には毎年のことながら、千歯扱き製造業者の玉井五右衛門の家へ年始の挨拶に行った。当時早瀬村には六軒の千歯扱き製造業者があった。寺川庄兵衛、寺川多七、岩田利之左衛門、岩田伝右衛門、玉井五右衛門、岡崎伊三の六軒で、各々二、三人の手伝い人を雇い、造った機械は行商人に全国に売ってもらっていた。製造業者自身が売ることはなかったが、岡崎家では製造、販売をしていた。

そのうち玉井五右衛門には、男五人、女三人の八人の子供があったが、一番末の三女、徳《とく》は、五年前同じ村の漁師のところに嫁に行き、ようやく身ごもり五ヵ月目だった。夫は嵐にあって船が転覆し、そのまま行方不明になった。子供は早産し、生後十三日目に死んでしまった。一年の間に夫と子供の二人を失ってしまった。彼女のショックは大きく、食事も喉を通らず不眠が続き、鬱病のようになってしまった。五右衛門は、このままにしておけば死に至るのは必定と思い、見るに見かねて徳が二十歳の時、離縁させ実家に引き取った。その後四年の間に、心に受けた大きなショックも徐々に回復し、二、三の縁談もあったが、徳はどうしても再婚するつもりはなく、そのまま実家の手伝いをしていた。

シゲが亡くなってから、家事、子育て、家の切り盛り、とミネに負担が掛かり、伊三夫婦は、シゲの一周忌を済ませたら、できるだけ早く銀蔵に後添えを貰いたいと考えていた。玉井五右衛門にも、人を介して、それとなく徳の意向を聞いてもらってあった。

銀蔵は、新年の挨拶の後で、五右衛門と暫く世間話をしていたが、

「わしも後妻を貰わねば、お袋一人で難儀している。徳さんとの話はどんなもんだろうか？」

と話を切り出してみた。五右衛門は、今年二十四歳になった徳を、どこか良縁があれば再婚させたいと思っていた。年は二十歳ほど違うが、銀蔵ならば家柄、性格も間違いないし、どちらも再婚同士である。徳はシゲとは反対に、色は浅黒く女としてはどちらかといえば肉付きが

よく大柄な方であったが、性格は非常に優しかった。銀蔵は、五右衛門の意向を聞いて、喜んだ。更に五右衛門は「早速、徳に話してみるから」と言ってくれた。

銀蔵は、五人の子供のいるところに、果たして嫁いでくれるか否か心配で、祈るような気持ちで家路を急いだ。銀蔵が帰った後で、五右衛門は徳に、「銀蔵さんが是非嫁に来て欲しいと言っている」と告げ、

「なあ、徳よ。銀蔵さんなら立派な人柄だ。まだシゲさんの一周忌が終わったばかりだが、おっかさんが小さい子を二人も育てねばならず、何とか助けて欲しいと言っておいでだ。お前も子供は好きだから、懐いてくれれば可愛くなるだろう。いつまでもこの家にいるわけにはいかんぞ」

と諭すように言い含めた。

徳は父からこのように言われても、余りの突然の話で返事ができなかった。跡取りの兄の嫁とは同い年だったが、何かにつけて冷たくされる小姑の立場を思えば、この縁談は一考に価すると思った。徳は、「おとっつぁん、考えさせておくれ」と返事をした。徳は、良い縁談とは思いながら、二十歳も年上で、五人の子供がいるとなると、二つ返事で承知するというわけにはいかなかった。

銀蔵はできれば春までに式をあげ、安心して行商に出たかったが、なかなか徳の返事は来な

かった。春の祭りが過ぎても、五月の節句が過ぎても、とうとう返事は来ず、伊三はしびれを切らして、徳の父親五右衛門を訪ねた。

「五右衛門さん、お徳さんの返事は如何だろうか?」

「返事が遅れて誠に申し訳ない。徳も大よそ承知してはいるが、子供らと上手くやって行く自信がないので、少し子供らと付き合ってみたいと言っているんじゃ」

と答えた。

銀蔵は、父よりこの話を聞いて、まだ脈があると思いほっとした。銀蔵は、この年もまた、五月中旬には四人の売り子を連れて東北に出立した。そして行商先から金が入ると、母親や子供達、それに徳にも絣や縞の反物、珍しい菓子等を送った。秋には集金をして廻るので金回りがよく、手袋、足袋、襟巻き、リンゴなどを送った。徳も銀蔵が留守の間、銀蔵の家に行き、小さい子供達の面倒を見て、大いにミネを助けた。徳は、元来優しい心根の娘なので、子供達はすぐに懐いた。特にキクはなんでも「徳さん、徳さん」といって懐いた。ただ久のみは懐かず、反抗的であった。

徳も、こうして久を除く四人の子供たちが懐いてくれると、いつまでも実家にいるわけにもいかず、まして兄嫁の冷たい態度を思うと、次第に銀蔵の後妻として嫁ぐ決心をした。

明治十一年正月、ついに銀蔵は徳と結納を交わし、春まだ浅い三月半ばに徳は銀蔵のところに嫁いできた。銀蔵四十六歳、徳二十五歳であった。どちらも再婚とはいえ、裕福な家庭であったので、立派な式をあげ、両家の親戚一同が集まって祝福した。

久の姉のキクや弟達は継母の徳を「おっかあ」と呼んだが、気性の激しい久はどうしても「おっかあ」とは呼べず、なんでも「婆やん」のミネに話をした。ミネもそんな久を、徳を「おっかあ」と呼ぶように厳しく叱ったが、それでも久は反抗し続けた。

銀蔵夫婦が、まだ新婚のころのある夜の出来事である。

いつも久は姉のキクと二人で奥の部屋で寝ていたが、普段はめったに夜中に起きたことのない久が、どうしたことかその日は夜中に便所に行きたくなって目が覚めた。そっと起き出して、暗闇の中を父たちが寝ている部屋の横の縁側を通りかかった時、部屋の中からボーッとランプの薄明かりが漏れ、父が「徳、徳」と小声で呼んでいた。そのうち部屋の中から、二人の激しい息づかいが漏れ聞こえてきた。久は子供心にも聞いてはいけないものを聞いてしまったような気がして、急いでその場を通りすぎた。

久は、床に入ってからも大事な父を徳に取られてしまったような気がして、徳に対してますます激しい嫌悪を抱くようになった。再婚当時四十六歳の銀蔵は男盛りで、毎晩優しく、そしてある時は激しく徳を抱いた。徳は次第に夫婦の夜の喜びがわかるようになり、女としての幸せを嬉しく思った。

翌日のおやつの時、徳は銀蔵が送ってくれた羊羹をどの子も同じように切って与えた。当時羊羹は高級なお菓子であったが、久だけが、汚いものにでも触るように、

「私は、そんなものはいらん！」

と言って、食べようとしなかった。徳は仕方なくミネに渡して、「婆やん、すまんが後で婆やんから久にやっておくれ」と頼んだ。「徳さん、すまんのう、こらえておくれ。わしがよう言って聞かすから」とミネは謝った。久は、欲しくて欲しくてたまらなかった羊羹なので、祖母から渡されると素直に貰って、ペロリと食べてしまった。

久はもう十一歳になっていたので、物の道理もある程度わきまえていたが、継母の徳に対してだけはものを言おうとせず、何かあればすぐ反抗した。姉のキクや二人の弟達は、子供らしさ丸出しで徳に甘えていたが、久は見向きもせずに学校の勉強に打ち込んだ。読み書きはみっちり予習復習し、わからないことがあれば婆やんに聞いたりしたが、決して徳に聞こうとはしなかった。ミネは徳に対して気遣った。

「徳さん、久は気性が激しいので申し訳ない。一本気の子だから、時がくればきっと納得する。わしが必ず言い聞かせるから、我慢しておくれ」

「なんの、婆やん、心配せんでおくれ、わかっとるから」

と徳は反対にミネを慰めるような口調で答えたので、ミネはほっと救われた気がした。

三月に結婚した徳はすぐに身ごもったが、翌明治十二年一月に男の子を死産した。銀蔵の落胆も大きかったが、徳はそれ以上に落胆した。徳は前の夫との子供も夭折し、今度もまた死産である。落胆は大きく、二度と自分の子供は産むまいと決心した。自分は、現在いる五人の子供を立派に育てることが一生の義務であると堅く自分に誓った。憔悴しきっている徳に対して、銀蔵やミネは、

「なあに、またじきに、ヤヤ子を授かるから、元気をだしておくれ」

と言ってくれた。そんな慰めの言葉が、やけにむなしく徳の胸をえぐった。

三日三晩寝ずの看病

久の反抗的態度は一向に直らず、一年が過ぎ去った。久が十二歳の秋のことであった。

十月の半ば、銀蔵は行商に行っていて留守、一家の主婦は家事以外に稲の刈り入れや畑仕事と猫の手も借りたいほど忙しい時であった。久は青い顔をして、唇をガタガタ震わせながら「寒い、寒い」と言って一人で学校から帰ってきた。ゼロゼロと痰が絡んだような咳をしきりにしていた。ミネは所用で出かけ、徳は義三と孝平の二人を連れて畠に出かけて、家には誰もいなかった。久は家に帰るなり台所に上がって、そこでぐったりとなってそのまま横になっていた。昼飯の支度に、徳は畠から二人の子を連れて台所に入るなり、久を見てびっくりした。

「久ちゃ、久ちゃ、どうしたね？」

徳は久に声をかけながら、咄嗟に久の額に手をやってみると、非常に熱かった。「こりゃあ、えらい熱がある」と判断して、久を寝床につれて行き、冷たい水で手ぬぐいを濡らして久の額においてやった。半時もするとミネが帰ってきた。徳とミネは久を布団にくるみ、荷車に乗せて、久々子の相場医師の所に連れて行った。相場医師の所には、すでに二人ほど患者が待っていた。二人は、久を布団にくるんだまま、順番を待った。

見習いらしい若い男が、久の名前を呼んだ。徳は久を抱いて診察室に入った。助手が体温計を久の脇に挟んでくれた。

「先生、三十九度あります」

助手は相場医師に報告した。先生は、

「どれどれ、あーんと大きく口を開けてごらん。うーん、喉が真っ赤だ。喉は痛いか？」という先生の問いに対して、久は頷くのが精一杯でぐったりしていた。先生は、聴診器を胸に当てた後、徳を傍に呼んで説明した。

「ゾコ（風邪がこじれること）をおこして、肺をやられている。絶対に安静にして、身体を冷やしてこの薬を一日に三回飲ませなさい」

そうして、清肺湯という茶色の薬を徳に渡した。二人は久を荷車に乗せ大急ぎで帰り、分厚い布団に寝かせ、足には湯たんぽを入れ、頭は手ぬぐいで冷やした。

その後、久は三日間も高熱が続き、薬を飲ませた時は少し熱は下がるが、また発熱を繰り返し、ゼロゼロと痰が絡んだような咳をしていた。徳は付きっ切りで手ぬぐいを取り替えたり、胸にからし湿布をしたり、小便の介助や汗でびっしょりになった寝巻きをとりかえながら、不眠不休で看病した。久は熱に浮かされると、ときどきうわ言を言った。

「おっかあ、おっかあ」

「おっかあ、頭が痛いよー」

「おっかあはどこにいるんだあ」

徳は「おっかあはここだよ」と手を差し出して、久の手を握りしめてやった。久は恐らく夢の中で実母を呼んでいるのだろうと思うと、徳はふと、どんなに可愛がっても実の子でないむなしさを覚えた。

久は昏々と眠り続けた。三日目の朝、徳が久の枕もとでとろとろとまどろんでいた時、

「おっかあ、おっかあ」と呼ぶ声に目が覚めた。

「久、おっかあはここにいるよ」

としっかりと手を握りしめてやった。久はうっすらと目を開けて徳の顔をみた。

「久、気が付いたかね？」

久は黙って頷いた。そこには、三日三晩不眠不休で看病した徳の疲れた顔があった。徳はすぐに久の額に手をやってみたが、もう熱が下がっている様子だった。しかし咳は相変わらず出ていた。徳は久の身体を起こしてやり、小便の介助をしてやった。

「熱も下がったし、気分がよかったら、少しでも何か食べねばあかん」

と言うと、久も従順に、「うん」とうなずいた。徳はそそくさと台所に立ち、重湯と、銀蔵

が送ってくれたリンゴがまだ残っていたので、それをすってリンゴ汁を作り久に飲ませた。

「久ちゃ、美味そうだでお飲み」

久は「ありがとう」と言って美味そうに飲んだ。

あれほど徳に反発し、徳が与えるものは何一つ受けようとしなかった久であったが、この時ばかりは、徳に感謝し素直に受け取ったのである。久は美味そうに飲んだ後、暫くするとまた眠りに就いた。

徳は医者のところに薬を取りに行き病状を説明した。相場清太郎は、「そうか、それは大変だったが、ようやく峠をこしたからもう安心だ」と答えた。徳はそれを聞いてほっと胸をなでおろした。家に帰ると、ミネが久の枕もとに座っていた。

「お徳さん、疲れているから少し休んでおくれ、久はわしが看るから」

「婆やん、すまんのう、先生はもう峠をこしたと言っておくれた」

ミネに伝え、部屋に下がって休んだ。

久は昼ごろふと目を覚まし、祖母が傍に座っているのに気づいた。久はすぐに起き出して祖母にとりすがり、「婆やん、婆やん」と言いながら涙を流した。ミネは、久の涙を拭いてやりながら話しかけた。

「熱が下がって気分がよくなったか？」

「うん」

ミネは勝手場に立って行って粥を作り、梅干と半熟卵を作って久に運んでやった。久は布団の上に座り、熱い粥をふうふうと冷ましながらゆっくりと食べた。久が粥を食べ終わると、ミネは、

「おっかあは、三日も寝ないでお前を看てくれたんだよ。おっかあは、お前のことを本当に大事に思ってくれているんだよ。そんなおっかあに反抗したら罰があたるぞ」

と懇々と言い聞かせた。久は、うつむいたまま涙を流してじっと聞いていた。利口な久は、物事の善悪の判断はすぐにできた。こんなにまでよくしてくれる継母に対して、自分のとった態度はなんと失礼であったか、子供心にもよくわかり、大いに反省した。

その後、久の病状は日に日に快方に向かい、ときどき微熱や咳は出るものの、付ききりの看病の必要はなくなった。徳は昼は弟たちの世話をしながら、それでも夜は久に付き添ってくれた。ある夜、久がふと目を覚ますと、徳は傍でランプの灯を頼りに縫い物をしていた。久は、小さな蚊の鳴くような声で、

「おっかさん……」

と呼んだ。徳は一生懸命縫い物をしていたのではっきりとは聞き取れなかったが、確かに「おっかさん」と呼ぶ声を聞いた。思わず縫い物の手を止めて、久の方を見た。

「久ちゃ、お前はいま、おっかさんと呼んでくれたのかね？」

久は黙って頷いた。久は小さい声で「おっかさん、水がほしい」と言った。徳は思わず久の手を握って、

「ありがとね、お前はわしを初めて、おっかさんと呼んでくれたんだね」

と涙ぐんだ。久も目に一杯の涙をためて、継母の手を握り返した。

「よしよし、すぐに水を持ってきてやるから」と徳は湯のみ一杯の水を久に持ってきてやった。久はさも美味しそうにゴクゴクと一気に飲んだ。徳が岡崎家に嫁いで初めてこの時、二人の間に、熱い愛情と信頼の気持ちが通じ合ったのである。後々、久はその生涯において、この継母徳に多大の恩をうけることになるのだが、久はまだそのことを知る由もなかった。

継母への嫌悪は晴れて

その後、久の方はどんどん回復に向かっていったが、徳の方が体調を崩してしまった。精神的な心配と肉体的な疲労が取れて、ほっとした時に病が忍び寄ることが多い。徳は、寝込むほどでもないが、微熱が出たり咳や痰が出た。師走を迎え毎日忙しくしている間に、銀蔵一行が東北から帰ってきた。小さい弟たちは、「おっとうが帰ってきた」とはしゃぎまわり急に家の中が明るくなった。

ミネが久の病気と徳の看病を銀蔵に話せば、徳は、

「久が私をおっかさんと呼んでくれた。一生懸命看病した甲斐があった」

と涙をこぼしながら話した。徳は、銀蔵が帰ってきてから安堵したせいか急に熱も高くなり、痰が絡んだゼロゼロといった咳が出るようになった。それでも我慢してお正月の支度をしていたが、十二月三十日の朝はどうしても起きることができなかった。

銀蔵はすぐに徳をリヤカーに乗せて、隣村の相場医師のもとに連れて行った。先生は、聴診器を胸に当てていたが、やがて重い口を開いた。

「どうも久ちゃんの病気が移ったらしいな。無理をしたので、体の抵抗力がなくなり、病気に罹りやすくなったんだ。安静にして美味い物を食べて、薬を飲むように」

と指示し、淡黄褐色の粉薬を与えた。

その後も徳は相当衰弱し、病状は一進一退で正月を祝うどころではなかった。ミネの心配はひとしおであったが、それでも銀蔵が帰っている時で心強かった。毎朝ミネは、キクと久の女の子二人をつれて、村はずれの堂さんにお参りした。いわゆるお百度参りである。どんなに冷たい風が吹こうと、大雪になろうと朝六時には家を出る。ミネは、折に触れて久たちに話して聞かせていた。

「お前たちの曽《ひい》おじいさんは、毎日毎日お参りを重ねて、日参した日が五千六百六十日（約十五年半）にもなった。どうしてもお参りできない時は、お参りできる日に一日に七度もお参りしたものだ」

そうしてミネは大きい声を出して般若心経を唱えた。キクも久もお経の文句などわかるはずもないが、「門前の小僧、習わぬ経を読む」で、一ヵ月も経つと覚えてしまい三人で声を出して一生懸命に祈った。

徳の病気も二月の終わり頃にはかなり回復し、春遅い北陸ではようやく水ぬるみ、木々が芽吹き、花が咲き出す四月初旬になって、徳は床上げをすることができた。この間、舅姑、夫の銀蔵、子供達全員が優しく気遣ってくれ、これまで反抗的であった久も、まるで百八十度の変わりようで、大人のようにこまごまと気遣った。この時、徳はしみじみと、岡崎家に嫁に来てよかったと思った。

十二歳の多感な久にとって、阿弥陀堂に日参して継母の病気が治ったということは影響が大きかった。非常に信心深くなり、やがて大人になっても、久の信仰心は衰えなかった。

こうして明治十三年五月、銀蔵はなんの心配もなく、また東北へと旅立って行ったのである。

小学校卒業

春の訪れの遅い北陸路では、ようやくその気配を感じるのは三月になってからだ。明治十三年三月、久は十三歳で聚奎学校の卒業式を迎えた。

当時小学校は下等と上等の二つに分かれていることはすでに述べたが、当時の社会では、男の子は上等部までやるが女の子は親が下等部までしか行かせない場合が多かった。しかし岡崎家では、久を上等部まで行かせた。

久は、第五回目の卒業生であったが、聚奎学校始まって以来一番の成績であった。読み、書き、ソロバン、どれをとっても殆ど満点に近い成績で、女子ではこの他に裁縫があったが、こちらは継母徳の得意とするところで、手先の器用な久は継母に教えてもらっていたので、裁縫も大変うまかった。和尚の校長から、

「久、お前はこの学校が始まって以来の良い成績で卒業できるぞ。お前が男だったら、さらに上の学校へ行けるのに、惜しいことだなあ」

と褒められ、久は嬉しくて仕方がなかった。家に帰ったらすぐ徳に、

「おっかあ、わしは今日、先生から一番で卒業できると聞いた。褒美を貰えるそうな」

徳は「そうか、お前は頭がいいでのう、ようやった」と心から喜んでくれた。

卒業式の日には、銀蔵は商用で大阪に出ねばならず、徳が出席した。この日は晴れて暖かい陽気となり、校舎の梅の花もわずかに綻び始めていた。久は、継母が縫ってくれた絹の赤い花柄の着物を着て、意気揚々と式に臨んだ。当時は大方の子供は木綿の着物で、絹の着物を着られるのはごく僅かであった。父は晴れの卒業式だからといって、大阪から絹織物を取り寄せ、徳に仕立てさせた。色白の久には赤い着物がとても似合い、普段は男ばちの久も、とても可愛らしく見えた。

「岡崎久、一番」

と先生が大声で名前を呼び上げると、久は「はい」と返事をして、校長先生の前に進み出た。小さな賞状と褒美（筆二本、お花墨一本、帳面二冊）をうやうやしく頂いて、そのまま後ずさりして一礼し自分の席に戻った。

その後、「寺川太郎、二番」「中西勇、三番」と、三番まで表彰された。校長は徳を呼んで次のように言った。

「男ならば、東京の上級学校に行かせれば立派な人になれるのに、本当に惜しい」

当時、女子の教育機関としては、明治五年に明治政府が学制をしいた時、東京・竹橋町に東京女学校ができた。また明治八年十一月、東京・本郷お茶の水に東京女子師範学校が開校された（現在のお茶の水女子大学）。このように上級学校に行くには上京せねばならず、特に女子の教育は家がよほどの資産家で学問に理解のある家庭でなければ入学することはできなかった。銀蔵も徳もそこまでして、久に学問をさせる気は毛頭なかった。久は、上京して上級学校に入りたいという淡い憧れはあったが両親の激しい反対もあり、卒業後は、姉と同じように家で花嫁修業をすることを決心したのである。

姉の嫁入り

その後も、銀蔵は毎年東北に行商に出かけた。早瀬の千歯扱きは切れ味がよく、藩主のお墨付きであったのでかなりの儲けがあった。堅実な銀蔵は、儲けた金で遊んだり身を持ち崩したりすることもなく、山林を買い求め、千歯扱き製造工場を建て、数人の雇用人を置き手広く商売をした。岡崎家は、一家皆元気で働いたこの頃が最も幸せな時期であった。銀蔵が行商に出ている間は、息子に代わって、工場を切り盛りしている祖父伊三が七十歳、祖母ミネは六十五歳とはいえ、足腰がすこし弱り重いものは持てなかったが、元気で家事をやっていた。働き盛りの銀蔵は四十八歳、後妻の徳は二十七歳であった。

徳は、雇い人の世話、畑仕事、家事全般と忙しかったが、姉のキクと久は、一生懸命に祖母と継母の仕事を手伝い、夜は継母からみっちり裁縫をならった。東京では数年前からランプが普及していたが、早瀬でも北前船が寄港するお陰で、割と早くからランプが灯るようになった。今までの行灯よりも明るく、夜も裁縫をみっちりと習うことができた。久はこの年頃には、難しい綿入れや編み物なども、結構上手に仕立てることができた。

明治十五年五月下旬、風香り、目に鮮やかな新緑の頃、十七歳の姉キクに突然の縁談が舞い込んだ。父の行商関係からの話で、相手は大津で有数の資産家・中谷家の長男であった。岡崎家で見合いし、色白で可愛らしくて優しいキクは、一目で気に入られた。縁談はとんとん拍子にまとまり、十月には、資産家の嫁として恥ずかしくないような立派な嫁入り支度を整えて嫁いで行った。

久は子供の頃には、このおとなしくて優しい姉とよく喧嘩して姉を泣かせたものだが、長ずるに従って姉を尊敬し「キクねえ」と言って慕った。嫁ぐ日の前夜、キクと久は庭に出て暫く語り合った。キクは久に向かって、

「久ちゃんも早く良い所に嫁に行って、おとっつあんやおっかさんを安心させてね。わしが亡くなったおっかさんに、十歳の時買ってもらった櫛をお前にあげるから、大事にしておくれ」と赤い箱に入った子供用の小さなツゲの櫛を久に手渡した。久は、その櫛を受け取りながら、涙ながらに「ありがとう」と言うのが精一杯であった。ちょうど実母が亡くなった時も、今夜のように二人して泣いていたことを思い出した。あれから早七年の歳月が流れ、二人は新たな寂寥感にまた涙した。

初めての行商

姉が嫁に行ってしまってからは、久は姉の分まで継母の手伝いをした。夜は本を読んだり、裁縫をしていたが、行動派の久は家の仕事だけでは物足りなく思っていた。どうしても父と一緒に行商に出てみたかった。当時、早瀬村の行商は、親子、兄弟姉妹、親戚縁者など三、四人、または四、五人が一緒になって行商に出るのが常であった。嫁入り前の若い娘も多く出ていたという。だが真面目な銀蔵はすでに財産もでき、村の信望も厚かったので、久に行商させるつもりはまったくなかった。みっちり花嫁修業をさせて、どこか良いところあれば嫁にやるつもりでいた。

久はある時、銀蔵に、

「おとっつぁん、わしは家の中のことや裁縫ももう大概のことはできる。おとっつぁんと一緒に行商に行って、おとっつぁんの仕事を教えて貰いたいんや」

と熱心に頼んだ。銀蔵は、

「お前は、いずれ嫁に行くのだからそんなことは覚えんでも良い。おっかさんと一緒に家の手伝いをしなさい」

「おとっつぁん、わしはどうしてもおとっつぁんと一緒に行商に出てみたいんや。隣のウメちゃんだっておとっつぁんとおっかさんと一緒に出ているじゃないか」

「隣は隣だ。うちとは格が違うんだ」

銀蔵は不機嫌な顔をして部屋から出て行ってしまった。久はまた二日後の夜、銀蔵が晩酌をして一杯機嫌のとき、

「おとっつぁん、この間の話考え直しておくれ。おとっつぁんはわしが嫁入りすれば必要ないというが、女でも夫に万が一のことがあった時には、外で働かなきゃならないから」

と話を切り出した。だが銀蔵は「考えておく」と言ったきりで、話を打ち切ってしまった。

翌日の夜もまた、久は話を切り出した。銀蔵は、久が一度自分でこうと思ったら絶対に後に引き下がらない性格であることも良く知っているし、一度は自分の生まれた村以外の所を見聞するのも良い経験かもしれないと思い直した。

銀蔵は翌日、久を呼んで話した。

「わかった。お前を一緒に連れて行くことにした。しかし、早瀬以外のよその男と絶対にいい仲になってはいかんぞ。このことは厳重に言っておく」

「おとっつぁん、ありがとう！」
久は、ここ数日悶々としていただけに、父の返事に飛び上がらんばかりに喜んだ。早速祖母ミネと継母徳に話した。
「おとっつぁんが行商に連れて行ってやると言っておくれた」
と嬉しげに話すと徳は、
「それはよかった。お前は言い出したらきかん娘やから。とにかく身体に気をつけて、おとっつぁんの言うことを良くきくのだよ」
と励ました。
銀蔵は、早速「出稼ぎ願い」を戸長の所に持っていった。
「出稼ぎ願い。
若狭国三方郡早瀬浦第百四十一番地　岡崎銀蔵
倅　又吉
娘　久
中井仙吉
妻　マサ
娘　花

右の六名の者、この度商業出稼にて山形県酒田迄、本月十日より日数二百五十日間罷越中度候、問別紙出稼一札奉可書上候。御証印紙成下度御奉願候也。

明治十七年五月十日

岡崎銀蔵

戸長御中」

銀蔵は、右のような「出稼ぎ願い」を戸長の所に持って行った。戸長はびっくりした様子で銀蔵に言った。

「銀蔵さんとこの娘御は、なにも働かなくてもいいだろうに。それよりもう嫁にいく年頃ではないか」

銀蔵は、

「はい。俺もずいぶん反対しましたが、何しろ言い出したらきかん娘なので、今回だけ連れて行くことにしました」

と笑って返した。

銀蔵は長男又吉と久、隣の中井仙吉、マサ夫婦及びその娘・花を連れ、六人で出発した。山王祭が終わってまもなく、ようやく春の息吹を感じる季節であった。

一行は早瀬港から蒸気船に乗った。それまで活躍した北前船は、明治四年の廃藩置県のあと次第になくなり、蒸気船がとって代わった。蒸気船は大阪から瀬戸内海を通って日本海側を東北及び北海道まで航海する。銀蔵はすでに前の便で大量の千歯扱きやワカメなどを、行商人が使用する常宿に送っていた。

久はこんな大きな船に乗るのは勿論初めてであり、花とときどき船の看板に上がって海を眺めた。噂に聞いていた福井の河野浦では沢山の船が停泊し、港を取り巻いて沢山の家が並び活気に溢れていた。男鹿半島を過ぎ、直江津の港を出発して暫く航行していた時、空が俄かにかき曇り、強い雨と風が吹いてきた。乗客はみな船底の客室に不安そうな顔をして横たわっていたが、久は船が沈むのではないかと心配になり、父にしがみついていた。あまりの激しい揺れに久は、胃が喉の所まで上がってくるようでゲエゲエと吐いて、終いには吐くものもなく胃液ばかりが上がってきた。久や花は、真っ青な顔をして苦しそうに横たわっていたが、銀蔵や又吉や仙吉夫婦は意外と元気であった。

嵐は約五時間ぐらい続いたが船はどうにか持ちこたえ、柏崎の港に避難し嵐をやり過ごした。翌日は前日の嵐はまるで嘘のように、穏やかな青い海、青い空、白い雲が広がり素晴らしい天気であった。久や花は徐々に気分がよくなり、食欲もわいて来た。花が「久ちゃん、上に上がってみようよ。海も空も本当に綺麗だよ」と久を甲板に連れ出した。

「昨日の嵐は嘘のようだね。わしはてっきりこのまま死ぬのではないかと、本当に恐ろしかった」

と久は答えた。嵐や低気圧の通過による船の揺れも三、四回経験すると、久はいくらか慣れてきた。

幾日かの船旅の後、銀蔵一行はようやく山形の港に着いた。港の近くに角屋という行商人の常宿があり、毎年銀蔵一行はまずこの常宿で旅装を解く。毎年お世話になる常連なので、ここの女将さんを良く知っていた。

「まあ、まあ、銀蔵さん、長旅ご苦労さんでした」

「今年もまた厄介になります」

銀蔵は、初めて久を連れて来たので、早速女将さんに紹介した。女将は色白で細身、背は高い方であった。

「こんにちは、女将のトキです。可愛い娘さんだね」

と優しそうに微笑んだ。久は褒められてはにかみながら、「久と言います。宜しくお願いします」と言って一礼して女将の顔を見た。どこかしら亡くなった実母シゲに似ているような気がした。銀蔵たちは、宿で一服すると早速、先に送っておいた千歯扱きの荷物を解き確認したり小分けしたりした。

翌日は、朝三時頃から起きて、全員で商品の見栄えを良くするために針歯を磨いた。その日に売る予定の分だけ毎朝磨くのが日課である。この作業が終わると、朝食をとり、その日の予定を銀蔵が指示する。又吉はもうかなり慣れてきて、お得意先も少しずつ増えてきたので、現地の人夫を一人つけて仙台方面にやった。仙吉、マサ、花親子にも行商先を指示し、新しい器具の販売や、鋸や千歯の磨きもさせた。行商は、早朝の仕事に出かける前と午後三時頃農家の人々が一服しているときに話を持っていくことが多い。銀蔵は久をつれて出かけた。

「おはようさんです」

と銀蔵が村の衆に挨拶すると、

「若狭のこっき屋さん、一緒にいるのはお前さんの娘さんかね？」

東北では、千歯扱きのことを「こっき」と言っていたので、その行商人のことを「こっき屋さん」と呼んでいた。

「そうだ、わしの娘で久というがね」

赤い手甲脚絆に、赤い襦袢の襟、紺の絣《かすり》の着物を短めに着て、下肢には黒の脚絆をつけ、継母が縫ってくれた薄黄色の帯をしめた久は、細身でいかにも初々しかった。

「ほんに可愛い娘さんじゃ」

久はお世辞を言われて、恥ずかしそうに頭を下げた。

「こっき屋さん、去年家で買ったのは非常に良く切れて稲扱きが楽だった。今年は鋸を研いで貰おうかな」

「そりゃあ良かった。そいじゃあ鋸を出しておくれ」

「そういえば、村はずれの稔さんの家でも今年は新しいものが是非欲しいと言っていたから、後で寄ってみた方が良いぜ」

と教えてくれた。こうして、販路が広がっていくのだ。銀蔵は午前中をかけて丁寧に鋸を磨いた。昼休みの頃を見計らって村はずれの稔さんの家を訪ねた。

「こんにちは。今そこで、新しい千歯扱きを入用とかお聞きしました。これは、味噌汁にでも入れておくれ」

と挨拶代わりに手土産のワカメを一袋取り出して渡した。銀蔵は早速持ってきた千歯を出して板に取り付け、脚を付けた。今朝磨いてきたばかりなのでピカピカに光り、うっかりすれば、手まで切れそうに見えた。

「こりゃあ、よう切れそうだのう」

「早瀬産のものは、特殊な鋼を使っているので、よその物より切れ味がとってもいいと評判だでね」

世間話をしているうちに、忽ち三丁売れた。久は、父に教えてもらった通り、持ってきた筆と矢立を出して受け取り帳に記入し印を押して貰った。

「受け取り帳
一、六月八日（加納庄三郎様）
早並一丁（内一円入金）
一、六月八日（鈴木稔明様）
早並一丁（内一円入金）
一、六月八日（加納隆二様）
早並一丁（内一円入金）」

銀蔵と久が村の中ほどの寄り合い所で腰を下ろして休んでいると、顔見知りの留吉夫婦が通りかかった。

「こっき屋さん、久しぶりだのう」

「こんにちは。今年はわしの娘を連れてきた。宜しく頼むよ」

と久を紹介した。久は素直に頭を下げて挨拶をした。

「わしの所も、もう買って五年以上にはなるので、切れ味が悪くて仕事にならん。一度見ておくれ。今持って来るから」

暫くして留吉は、使っている千歯扱きを持ってきた。銀蔵は手にとって切れ味を調べていたが、もう歯がちびてところどころは折れたりしていた。

「うーん、これはひどい傷みようだ。新しいのを買わなきゃ仕事にならんよ。下取りして安くしておくから」

こうしてこの村でも次々と四丁の千歯扱きを売り、久は受け取り帳に記入していった。このようにして、銀蔵親娘は常宿の角屋を基点として、近郷の村々に千歯扱きを売って歩いた。一ヵ月も過ぎる頃には、久は大分商売のコツと快感を覚えてきた。いつも家で見ていた父の違った側面、即ち愛想がよく、こまめで親切で上手に売り込む、そんな父を知った。

境内での求婚

八月に入り、国を出てから三ヵ月目になった。銀蔵は秋田県に近い山奥の寒村に入った。この辺りの行商は銀蔵もまったく初めてなので、村長に頼んで若い衆を一人案内人として雇った。紹介された若者は加藤洋介といい、久よりも三歳年上の二十歳。色は浅黒いがきりっとした顔立ちで、温厚な青年であった。洋介は貧しい小作人の三男坊であったが、頭がよくこまめによく働くので、村長からも非常に気に入られていた。初めて銀蔵親娘に紹介された時は、洋介は自分の家に招いて、茶など出して接待した。洋介は、五十軒余りある村の農家を全部紹介してくれた。

洋介は、日焼けして色こそ黒くなっているが利発そうな久を見て、少なからず好感を持っていた。洋介は、買ってくれそうな農家を次々と紹介してくれるので千歯扱きはかなりの売り上げがあり、銀蔵も久も大喜びであった。銀蔵は感謝の気持ちで、たまに夜になると洋介を連れて町まで一杯飲みに行った。銀蔵は、前々から洋介が久に対して気があるのではないかと薄々察していた。

ある朝、銀蔵は高熱と激しい腹痛と下痢に襲われ、とても起きることができなかった。宿の女将さんが持ってきてくれた「正露丸」を飲んで寝ていた。ちょうどその日は、五里ほど離れた村に千歯扱きを持って行く約束があったので、洋介と久は父に代わって品物を納めることになった。

洋介は千歯四丁を天秤棒で担ぎ、久はその後からついて行った。朝まだ暗いうちから出かけ、ようやく着いたのは九時過ぎであった。

「ごめんください、こっき屋です」と久が挨拶をした。洋介は担いできた荷を解き組み立ててくれたので、久は使い方や手入れまで丁寧に説明した。久は、残りの三丁もどうしても買ってもらおうと、切れ味や長持ちする方法を説き、下取り代も高くするなどと話してとうとう他の農家に三丁全部を売ってしまった。

洋介は、傍にいて、「この娘は頭がいいだけでなく、なかなか商売もうまい」と感心していた。午後になり二人は持ってきた弁当を食べた後、下取りした古い千歯扱き二丁を担いで帰路についた。二人は並んで歩いたが、どうしても洋介の方が早くなり、ときどき久を待ってくれた。

洋介は自分の家族の話をし、久の家のこともいろいろと尋ねた。洋介は自分は三男であるので、「いずれどこかに養子に出したい」と父が言っていると言った。だんだん話も尽きてきて、久は、ただ黙って、洋介に遅れまいとして一生懸命に歩いた。もう六里も歩いてすっかり脚がだるくなり、疲れが溜まってきたので、傍にある神社で少し休んで行こうと洋介に頼んだ。

二人は、神社の鳥居をくぐり、山から清水を引いてチョロチョロと流れ落ちている手洗い場に行った。久が手を洗い柄杓で掬って口をすすぎ、一口水を飲んだ。

「冷たくてうまい水だよ」

と久は洋介にも水を掬って飲むようにすすめた。二人は揃って石段を登って行き、山の中腹にある神社にお参りした。久は手甲をはずし手や顔を洗って、神社の石段に洋介と並んで腰掛けた。久は、

「大きな神社だが、なんという名前かのう」

と洋介に尋ねた。「諏訪神社という名前だよ」と洋介は教えてくれた。上を見上げれば、社の木々はうっそうと茂り、昼でも薄暗かった。久と洋介は妙に黙りこくってしまった。暫くして洋介は、意を決したように言った。

「久さん、俺と一緒になって貰えないか」

哀願するような眼差しを久に向けた。久は一瞬びっくりして立ち上がり、後ずさりして洋介から遠ざかろうとした。じっと自分を見つめている洋介の視線に耐えられなくて、

「わしは、今はそんなことを考えておらんよ。この仕事が面白くて、仕事を覚えることが第一

と思っている」

と小さな声で返事をした。父親と兄以外の男性と親しく話をしたことのない久には、これだけの返事をするのが精一杯であった。洋介は、がっくりと肩を落としていたが、今までと同じように、優しく久に言った。

「わかった。……久さん、もうそろそろ帰ろうかいね」

宿に帰ると、銀蔵は今朝よりも大分体が楽になったと見えて、顔色もよく熱も下がったのでもう起きていた。

「おとっつぁん、ただいま帰ったよ」

と久と洋介はまず銀蔵に挨拶した。銀蔵は、

「二人とも、今日は本当にご苦労であった。わしも大分楽になり、熱も下がったので、明日からは仕事に出られると思う」

と、ねぎらった。

久は、四丁全部売りさばいてしまったことを誇らしげに父に報告した。洋介は「久さんは商売がうまい」と銀蔵に言って「それでは、今日はこれで失礼します」と控えめに言って帰って行った。

久は、故郷を出る時、父からよそ者と親しくなってはいけないと厳重に注意されたことを思

い出しながら、その日は早めに布団に入った。若い女性が男性から、愛を告白されたのである。久は、今日の出来事を思い出してなかなか寝付かれなかった。洋介に対して明日からどのように接したらよいのか、いや何事もなかったように今まで通りにしていればよいと自問自答した。

村長からの縁談

実直な洋介は、翌日も銀蔵親娘に対して今までと同じように親切にしてくれ、その後何事もなく月日は過ぎて行った。

早瀬村の行商の仲間にも、このようにしてその土地の女性と結婚して土着したり、居心地が良くて住み着いてしまう者も多かった。だから早瀬村では、周りの村に比して、行方不明者が異常に多かったのである。

銀蔵親娘と雇いの洋介の三人は、東北地方のかなり広範囲に千歯扱きを売って歩いた。収穫の終わる十月中旬頃からは、各地の集金に回った。久は、父が集める金の計算や管理を一切引き受けた。

そして十二月の初旬には、たっぷりと東北のリンゴを仕入れて故郷に送り、自分たちも帰路についた。久は最後まで親切にしてくれ、初めて愛を告白されたあの日の洋介のことがどうしても忘れることができなかった。

明治十七年の暮れも押し詰まり、正月を迎える準備で何かと忙しい十二月十五日、この日は朝から小雪のちらつく寒い日であった。この日の夕方、岡崎家に羽織袴の客があった。急なことで、この客が誰であるか久には知らされていなかったが、久は、何となく自分に関係ある客のような気がした。父はよそ行きの上等の着物に着替え、客を奥の「でいの間」（応接間。寝殿造りの居間兼応接室・出居《いでい》から来ている）に通し、大きな座卓の上座に案内した。久は、継母に誰が来ているのか聞いた。継母は、

「久々子村の村長さんだよ。これを持って行って、きちんと挨拶をして来なさい」

と言って、お茶と羊羹とリンゴ二人分を盆に載せて久に渡した。久は、着物を着替えて奥の「でいの間」に向かった。座って襖を開け一礼して中に入った。

「粗茶です。どうぞ」

と伏目勝ちに言って客から先に茶を出し、そっとそのまま引き下がった。銀蔵は、客に説明した。

「久がどうしても行商に連れて行ってくれというので、今年初めて連れて行った。初めてのことだで、途中で音をあげるのではないかと心配したが、なかなかどうして、終わりごろには、一人で集金にも回り、本当に助かったものだ。あれは商売の才能があるかもしれん」

久々子村の村長・武田龍右衛門は、中肉中背で体格もがっちりし、ちょび髭をはやしていた。

「そうかの。実は銀蔵さん、この度、村の相場先生より、ご長男の定一郎氏の嫁に是非こちら

の久さんを貰い受けたいとの話があり、まかり越しました。定一郎氏は現在東京に遊学し、いずれ医師の免許をとって、父上のあとを継がれるそうです」

とおもむろに用件を切り出した。

銀蔵は、思ってもみなかった良縁に驚いたが、家柄が違いすぎてこの縁談は無理だと思った。

「これはこれは。うちの久には大変な玉の輿だが、家柄が違いすぎる。この話はとても無理だと思います」

と答えた。当時の縁談は、たとえよい話でも、娘の親は一度目は承諾しないのが常であった。二度、三度と仲人が通ってようやく承諾するという習慣があった。

その一週間後にも村長はまた岡崎家にやって来て、是非にも久を相場家の嫁に貰いたいとの旨を告げた。銀蔵はやはり家柄の違いを主張して、体よく断った。

こうして明治十七年も忙しく暮れて、明治十八年の正月を迎えた。

正月三日、三度目の村長さんの来訪を受けた。元々銀蔵はこの縁談は、久には玉の輿であるのは確かだが、一介の行商人の娘が医者の家に嫁入りするのは家柄や身分から考えてとても無理だと思っていた。しかし、こうして仲人の村長が三度も来宅したということは、相場家では相当久に惚れこんでいるのだろうと判断して、嫁にやる決心をした。

当時、結婚は親同士が決めて、本人は相手の顔も知らぬまま結婚させられる場合も多かったが、進歩的な考えを持っていた銀蔵は、久の意向を聞いてみようと思った。銀蔵は久に尋ねた。

「久、お前はこの話をどう思う？　わしはこんなよい話はもう二度とないと思う。しかも仲人の村長さんは三度もみえた。お前は、強く望まれて玉の輿に乗るのだよ。女と生まれて、こんな幸せなことはないぞ。ただ家柄が違うのでつらいことも多いと思うが、お前は勝気でしっかり者だから辛抱できると思うが、どうじゃ？」

「……」

久は返事に困り、黙っていた。相場清太郎の息子は定一郎といい、久より五つ年上の二十三歳、将来医師になって相場医療所を継ぐべく現在は東京に遊学中であった。久は子供の頃、相場医師が人力車で往診の時、その帽子が海に飛んでびしょぬれになったのを拾い、届けたことや、肺炎になってときどき診て貰った時のことを思い出した。もう何年も前の子供の頃のことではっきりと覚えていないが、ぴんと張った八の字髭の如何にも威厳のある顔を思い出した。久は、その息子については、まったく想像もつかない雲の上の人のような気がしたが、将来医者の奥さんになると思うと、胸がときめいた。反面、自分の育った家庭とあまりに違うので不安もあった。考えた末、

「おとっつぁんに任せるで……」

と小さな声で言った。銀蔵は、

「そうか。ではこの縁談は受けよう。一応見合いはするが、よほどの理由がない限りもう断れないが、よいな?」

と言った。

祖父母は「いいところに望まれて嫁に行けるなんてほんとに幸せもんだよ」と賛成してくれたが、継母の徳は、賛成しながらも「勝気な久が姑さんとうまくやって行けるか」という点が心配であった。だが口に出しては言わなかった。

なぜ、相場家から久に縁談があったのか。相場医師は診療の傍ら学校に、男子高等学年の生徒を対象に生理学を教えに行っていた。時折、和尚と茶を飲みながら雑談したが、その折に和尚が何気なく切り出した。

「この春卒業する女の子がいるのだが、非常に頭がよく、またよく働く娘がいる。本人は女学校に行きたがっているが、なにせこの村では女の子が女学校に入った例はまだない。親も卒業したら、花嫁修業して早く嫁に出したいと言っている。本当に頭の良い娘なので、惜しくてたまらんのじゃ」

この話を聞いた相場医師は、「東京で勉強している長男・定一郎に嫁を貰って子供ができれば、早く試験にも合格して、久々子に帰って来るだろう」と直感的に思った。「一度その娘に会わせて欲しい」と和尚に頼むと、和尚は久を呼んで挨拶するように言った。久は「何事か？」と思ったが、名乗りをあげて一礼した。その時お互いの視線が合い、相場医師は「あっ、あの時の！」と気づいた。医師も、この娘がびしょ濡れになって帽子を拾ってくれたり、また肺炎にかかって治療したことを思い出した。「あの時はありがとう」と言うと、久はモジモジしながら「いいえ」とのみ答えた。これが二人の運命の再会であった。

しかしこの縁談に対して、相場清太郎の妻カネ子の激しい反対があったことは、武田村長も知らなかった。定一郎と久の縁談を初めて夫から聞いたカネ子は「いくら金持ちだからと言って。何も商売人の娘など貰わなくても、もっと家柄の良い娘を貰うべきである。いくらでもよい縁談はあるのに」と世間体を気にして強く反対していた。当時はまだ封建思想も強く、重要なことは家長の意志一つで決まり、妻や子供の意見など受け入れられなかった。久の結婚生活の不幸は、すでにこの時点から始まっていた。カネ子は久に対して「気に入らない嫁」として、激しい偏見を持っていた。

明治十八年正月十五日、久は定一郎と見合いをした。見合いといっても今日のような形式ではなく、双方の親の顔合わせのようなもので、本人同士は殆ど口を利くこともできなかった。その日の夕方、久々子村村長は、相場医師夫妻、息子の定一郎を伴って岡崎家にやってきた。久の両親は黒紋付の正装で出迎え、四人を奥の座敷に通した。相場清太郎は、八の字髭をぴんとはやし洋装で、いかにも医者らしく威厳があった。相場清太郎の先祖は、滋賀県饗庭野《あいばの》（現在の高島市新旭町饗庭）の出身で、妻のカネ子もそこの旧家の娘だった。細身、細面、色白で顔はやや神経質そうであったが、如何にも華奢な感じの女性であった。髪はきちんと島田に結っていた。

奥座敷では、村長を中心として両側に相場家、岡崎家が相対して座った。久は継母に縫ってもらった赤い絹地に花柄の着物に薄い緑色の帯、長い髪は桃割れに結ってもらっていた。昼過ぎから身支度をしていたので、相場家一家が来宅するまでにはまだ時間があった。久は一緒に行商にいった花ちゃんにお初の着物姿を見せたくて、用事にかこつけて花の所に出かけようとした。

「おっかさん、花ちゃんにあげるものがあるので、ちょっと行って来る」

「わざわざ今行かんでも、明日にしなさい。もうじき相場家から皆がこられるから」

と徳が止めるのも振り切って、久は草履を履いて出て行ってしまった。

「こんにちは、花ちゃん、約束の靴下編みあがったので持ってきたよ」

「まあ久ちゃん、きれいなべべ着て！　おめでとう、今日はお見合いだそうだね。とても綺麗だよ。わざわざ持ってきてくれてありがとう」

久は祝福されて少し面映ゆい気がしたが、自分の晴れ姿をちょっと見てもらえばもうそれで満足した。「それじゃあ帰るから」と挨拶もそこそこにして急いで帰った。途中の道で石につまずいて、今にも転びそうになった。運よく足に力をいれて斜めになった身体を踏ん張って身体のバランスをとったので転ぶのは避けられたが、ふと足元を見ると大切な草履の鼻緒が切れていた。その時、久の頭にふと不吉な予感が浮かんだが、そんなことよりもどうやって帰ろうかと思い悩んだ。仕方なく片っ方の足だけ足袋をぬいで、鼻緒の切れた草履を手に持って帰った。

家に着くと、めったに怒ったことのない徳から、こっぴどく怒られた。久はひたすら謝るほかはなかった。村長がまず挨拶した。

「本日はおめでとうございます。相場家と岡崎家の縁談が整って、こんなに嬉しいことはない。わしも、再三足を運んだ甲斐があったというもんだ」

両家とも村長に対してお礼の挨拶をした。銀蔵は久に茶を出させた。久は一旦部屋を出て隣の部屋に用意してあった茶と菓子の載った盆を持って、再び座敷に入った。久は、部屋に入ると全員の視線を一斉にあびているのを感じとった。相場家当主から順番に、顔を上げることもなく、伏し目がちに茶を出して一礼していった。定一郎は、ひと目、久の顔を見ようと思ったが、久はなかなか顔を上げないので歯がゆく思った。だが久が自分の所に茶を持ってきた時、ランプで赤々と照らし出された久の横顔をはっきり見ることができた。中肉中背、色白でピチピチした肌、どことなく素朴さを感じる久の容姿に対して好感をもった。相場清太郎も同じ思いであったが、カネ子だけが「田舎くさい娘だ」と思った。

久はといえば、上がってしまって、それまであれこれと想像していた定一郎の顔さえ見ることができなかった。皆が茶を飲み、菓子を食べて雑談している間に、少し心が落ち着いてきたので、ひと目でも定一郎の顔を見ておきたいと思った。雑談も約三十分で終わり、村長が「両家の縁談はめでたく整ったので、結納と婚礼の日取りを決めよう」と言った。結納は二月十五日、婚礼は四月二十日といずれも大安を選んで決められた。

見合いもすべて終わり、村長はじめ相場家の三人は席を立って帰ることになった。久はこの時、見送るために玄関に出ていたので、定一郎をはっきりと見ることができた。男にしては背はあまり高くなく、どちらかといえば少し太っていたが、顔は優しそうでどことなくインテリに見えた。当時の農村では、男性はこのような席では大抵着物を着ていたが、定一郎は洋装であったので、久には余計インテリ風に思えた。

客が帰ったあとで銀蔵は久に、

「どうだ、身分といい、男ぶりといい、申し分のない相手ではないか」

と得意げに言った。久は、顔を赤くして恥ずかしそうにさっさと自分の部屋に入ってしまった。

その夜、久はなかなか寝付かれず、将来わが夫となる人のことをあれこれと思ってみた。将来は「医者の若奥さん」と呼ばれること、威厳ある義父や一見優しそうであるが反面神経質そうな義母、まだ一度も会ったことのない二人の小姑のことを考えると、不安がわいて来た。しかしもうここまで来たら、後戻りはできない。一生懸命やるしかないと思うのであった。

祝言

明治十八年二月十五日、大安の日に結納が納められた。男衆二人にリヤカーで結納品を運ばれ、村長も一緒に岡崎家にやってきた。縁起物の熨斗《のし》、末広、酒二斗樽、寿留女《するめ》、子産婦《こんぶ》、友志《ともし》良賀《らが》（麻糸を束ねて白髪に見立てた祝い物）、帯料（支度金）に目録と家族書、親戚書が添えられていた。銀蔵夫婦と久は正装し座敷で深々とおじぎをして、これらの品物を受け取った。

同年四月下旬、春の訪れの遅い三方地方では一斉に春の花が咲き出した。春が来るのをじっと待ち構えていたように、桜、梅、桃など一斉に咲き出した。久の家の角には大きな白木蓮の木があり、今を盛りに白い蓮の花の形をした木蓮が咲き揃い、辺りにふくよかな香りを漂わせていた。久は幼い頃からこの花が大好きであった。この花が咲くと何となく心が浮き浮きとしてきた。

四月二十日、祝言の日は暖かい日で、日脚も少しずつ長くなってきていた。午後から、村の髪結いが岡崎家にやって来た。久は、島田に結ってもらい、きれいに化粧して貰った。文金高島田に角隠し、裾模様の振袖に丸帯の花嫁衣裳を着せてもらった。色白、切れ長の眼の久は親が見ても惚れ惚れするような美しい花嫁であった。久は両親や祖父母に挨拶するため座敷に入った。継母徳の姿が見えなかったが、父と祖父母が座っていた。久は仏壇の前に座り、先祖に別れの挨拶をした。

「おとっつぁん、じいやん、ばあやん、今から行ってきます。長い間ありがとうございました」とさすがの男ばちの久も涙ぐんでしまい、あとは言葉にならなかった。父は両腕を組んでただ黙って頷いた。祖母のミネが、

「久ちゃん、ほんに綺麗だよ。達者で暮らしなよ」

と言えば久も、

「ばあやんもいつまでも元気でね。あれ、おっかさんはどこかね」

「今そこにいたのにな……」

徳は先ほどから無性に涙が出ていたたまれず、台所の隅でそっと涙を拭いていた。慌てて座敷にやってきた時には久の挨拶が終わっていた。

「おっかさん、長い間ほんとにありがとう。今から行ってきます」

徳は思わず久の手を握りしめて、

「久ちゃん、みんなの言うことをよく聞いて可愛がられるようにしなよ。身体に気をつけてな」

とまた涙を流していた。ふと久は、ちょうど十年前、この継母が同じように花嫁姿で父の所に来てくれた時は、嫌悪を感じて反発ばかりしていた自分が恥ずかしくなった。心の中で「おっかさん、あの時はごめんね」と深く謝った。

当時の早瀬村は、「金原」といわれたように千歯扱きの行商で非常に裕福であり、岡崎家も村で五本の指に入るぐらいの金持ちであった。銀蔵夫婦は、久が身分違いの所に嫁に行くとあって、肩身の狭い思いをしないように十分な嫁入り支度をしてやったのだ。

夕方の五時頃、仲人の村長を始め数人の使者が迎えにやって来た。まず久の荷物から出発した。箪笥四竿、長持ち二竿、鏡台、下駄箱、洗濯用のタライ、蛇の目傘、野良用雨具等々である。箪笥及び長持ちには家紋を染め抜いた油単《ゆたん》が掛けられ、荷車五台に仕立ててニモチ（嫁入り道具を運ぶ人たち）が伊勢音頭を歌いながら出発した。

荷物に続いて久は特別に仕立てた馬車に乗った。仲人の村長の先導で、祖父母、両親、大津に嫁いだ姉のキク、兄、二人の弟、親戚一同に付き添われ、定一郎の待つ相場家へと出発した。家を出る時はまだ外は明るかったので、ひと目久を見ようと大勢の村の衆が岡崎家にやって来た。村の衆は口々に「久ちゃん、きれいだよ」「お幸せに」「元気でね」と言って手を振ってくれた。久はそれに応えるように軽く会釈をした。庭の白木蓮が満開でなんともいえぬ仄かな香りが辺りに漂っていた。久はこの白木蓮が自分の門出を祝ってくれているように思えて、夕空に浮かんだこの白い花を暫し眺めた。久は毎年この白木蓮の白い花が咲く頃になると、この時のことを思い出して、甘く切ない気持ちになる。

伊勢音頭にはやし立てられ賑やかに出発した花嫁行列は、途中で暗くなると各自弓張り提灯を照らしてゆっくり進む。飯切山の峠を越えると、もうそこは久々子村であった。花嫁行列は約一時間半かかって、ようやく花婿の待つ相場家に近づいた。本道から分かれたなだらかな坂を登ると、門構えの大きな相場家の屋敷があった。今夜は薪が赤々と燃えてたいそう明るかった。「迎え女郎」と言って、二人の親戚の女性が久達の行列を角の道まで迎えに来ていた。門を入って暫くまっすぐに進むと、玄関先には義母、義姉、義妹、及び親戚一同ずらりと居並んで迎えてくれた。

久たち一行は、玄関横の控えの間に通されたが、久は、迎え女郎の一人に手を引かれて、まず仏間に案内され、相場家先祖に挨拶のお参りをした。久は控えの間に戻り、皆と一緒に暫く休んでいると、昆布茶と餅が出された。もとより久は一口も食べなかったが、重い花嫁衣裳と高島田に結っている頭が重く、少しの休憩でもほっとした。徳が心配して、

「どうかね、これから祝言の式が始まってまだまだ延々と時間がかかるので、今のうちにしっこまり（トイレ）に行っておいた方がよいのでは」

と言ってくれた。久は今すぐに用を足さなくてもよかったが、これから先のことを思って、

徳の助けをかりて用を足した。この茶の接待「オチツキ」が終わると、久の両親はみやげ物の赤樽と鯛二匹を腹合わせにして、苞《つと》（わらでできた袋）に包んだものを相場家に進呈した。やがて仲人の案内により、定一郎と久は座敷の中央に座り、両側に夫々の親戚が相対して座した。定一郎は紋付の羽織袴姿で先日の洋装の姿と違って一段と立派に見えた。奥座敷は次の部屋との襖を取り外してより大きい座敷とし、ランプが幾つも吊るされて部屋は明々としていた。

式は陰謡《かげうた》とともに、親戚の子供男女二人のお酌によって三三九度の杯が始まる。次いで親子固めの杯が交わされる。こうして祝言が終わると、新夫婦は正面上座に座り、定一郎の父親が下座に下って挨拶した。いつも厳しい顔をして診療に従事している医師の顔とまるで違い、お酒が程よく廻って赤い顔をしていた。よほど嬉しいと見えてにこやかな顔であった。

「本日は、誠にめでたき日であり、倅定一郎に久さんが嫁いでくださり、相場家にとってこんな喜ばしいことはない。定一郎はまだ東京に遊学中であるが、将来は必ず医者になってこの地で皆さんのために医師として働くと言っている。この縁談が成立するに当たって、特に尽力してくださった村長はじめ、両家の親戚ご一同に対して心からお礼を述べたい」

と深々と頭を下げた。

料理は、焼鯛、巻寿司、かまぼこ、吸い物などが出された。両家ともに立派な親戚が多かったが、特に久の親戚には、片田舎の人とは思えぬくらい芸達者な者が多く、賑やかな宴となった。最後に両家の父親に納杯して、宴が終わったのは十時過ぎであった。宴が終わると岡崎家の者はひきあげて行ったが、最後に徳が久の手を強く握りしめて、お互いに見つめ合っただけで何も言えなかった。しかし久には、その目は、つらいことがあっても辛抱して頑張るんだよと言っているように思えた。

初　夜

宴も終わり、久は、年恰好が久と同じくらいの若い女中と思われる女に導かれて夫婦の部屋に入った。座敷のちょうど裏側に当たり、十畳の大きな部屋が若夫婦に当ててあった。重い花嫁衣裳を脱がせて貰い、やっと身体が軽くなると同時に、朝から続いた緊張が一気に取れた。定一郎は宴が終わっても、近所の若い衆から酒を振る舞われて飲んでいたのでまだ部屋には帰ってきていなかった。女中は、

「若奥様、わしはおマサと言います。なんでも用があったら言いつけておくれ。今日は、夜も食べておらんようだったので握り飯を作っておいたで、食っとくれ」

と言って握り飯二個とおしんこ、お茶を持って来てくれた。久は緊張がとれたら急に空腹を覚えた。おマサの持ってきてくれた握り飯が何と美味しかったことか。食べ終わり、おマサに、「美味しかった、ありがとう」と礼を述べ、「もう明け方だから、下がって少しでも休んでおくれ」と言った。

「へえ、若奥さんの方こそ疲れておるに、早く休んでおくれ」

とおマサは、久を気遣って下がって行った。後々久の結婚生活において、このおマサがどれ程久の陰になり日向になって助けてくれたか、この時はまだ知る由もなかった。

久はどんなに遅く寝ても翌朝五時には目を覚ます習慣がついていたが、この日は疲れていたとみえ、目が覚めたのが六時前であった。急いで顔を洗い身支度して台所に行こうとした時、定一郎が千鳥足で部屋に入ってきた。久は慌てて夫に向かって、

「早いのう」

と初めて夫に声を掛けた。定一郎は泥酔していたので「うん」と言ったきり、どっと倒れるように、布団の上に横たわり、そのままグウグウと寝てしまった。久はそっと、布団をかけて台所へと立っていった。台所では、すでに二人の女中、おツネとおマサが朝食の準備に忙しく働いていた。何しろ毎朝十人分の支度である。久は女中の二人に向かって、

「早いのう、わしも手伝うからなにをしたらよいか教えておくれ」

と言って、そそくさと土間に降りて行った。おマサはびっくりして恐縮した。

「若奥さん、疲れておいでるにゆっくり休んでおくれ。わしらで朝の支度はするから」

と声を掛けてくれたが、おツネの方はただ黙って久をじろじろと見ていた。

台所の次の間に、それぞれの膳がコの字形に並べられた。まず上座に相場清太郎、その横に義母のカネ子、定一郎、久の膳箱が並べられた。相対して上座から、二人の義姉妹の八重子と

武子の膳が並べられた。また別の所に内弟子の見習いをしている翔太と二人の女中の膳箱があった。いつもはおマサが皆の給仕をして、最後に自分が食事した。

姑のカネ子は久に向かって、

「うちでは給仕は嫁がすることになっている。今日からは久さんにやってもらうから」

と命令調で言った。久は「はい」と返事をして、自分の膳箱を末席に持って行って座り、皆の給仕が終わってから少しばかりのご飯を口にした。夫はとうとう起きて来ず、初めての朝というのに久は心細い思いをした。食事中は、誰も殆ど口を利かず黙って箸を動かしていたが、久の食事が終わる頃、カネ子は久に向かって声をかけた。

「今日は、親戚と近所に挨拶回りをするから、食事が済んだら支度をするように」

祝言の翌日は、舅が嫁を連れて親戚、近所に挨拶回りをする風習があるが、相場家では、先生は診療に忙しいので、カネ子が久を連れて挨拶回りをすることになった。カネ子は薄紫に藤の花柄の着物に黒の帯を締め、久は継母が挨拶回りに着るために縫ってくれた萌黄色に小花を散らした振袖にえんじ色の帯を締めて如何にも初々しい姿であった。二人の装いは周りの人々とはおよそかけ離れて艶やかであり、村人たちは「先生様の奥様と若奥様が挨拶回りに行かれる」と外仕事の手を止めて見入っていた。久はカネ子の後ろに従って歩いていたが、カネ子は久を気遣って何度も振り返り、外目には如何にも仲のよい姑と嫁のように見えた。挨拶回りが終わったのはもう午後六時過ぎであった。

久は夕食の給仕を終え自分の食事もそそくさと終えて、家族の一番最後に風呂を貰い、両親に「おやすみナ」と挨拶してようやく若夫婦の寝室に下がった。もうすでに午後九時であった。その部屋には机と書棚があり、書棚にはぎっしりと本が並べてあった。二人は寝床の間とその隣に定一郎の勉強部屋を改造して少し広くした二間を貰っていた。久の荷物はこの二間に納められたがとても納め切れず、とりあえず箪笥二竿と鏡台を置き、入りきらない物は蔵に入れた。

久がそっと襖を開けると、定一郎はランプの灯りで本を読んでいた。久は、やっと二人きりになってこれから起こるであろういろいろなことを思って緊張しながら部屋の中に入った。

「若先生様、今日は奥様に挨拶回りに連れて行ってもらい、無事に終わってほっとしました」

と定一郎と初めて言葉を交わした。定一郎は読んでいた本を置いて久の方を振り向いた。

「おいでやれや」

と言って久を優しく招いた。久は家にいる時、東京での生活や医者の修業の話をあれこれ聞いてみたいと思っていたのに、いざ二人きりになると何も言えずただもじもじしていた。定一郎は父に似て口数こそ少ないが、心根の優しい男であった。久の緊張をとるために、そっと久を抱き寄せた。

「久、二人だけの時は俺のことを若先生様と呼ばんでも、〝あんた〟と呼んでくれたらいい」

と耳元で囁いた。風呂上がりの久の身体はポッポとほてり、その熱気が定一郎にも伝わってきた。定一郎は、急に性欲を感じ早く久を抱きたかった。

「さあ、もう遅いから寝よう」

と言って先に布団に入った。久はどうしていいかわからず、座っていた。定一郎はまた起きだして久を布団の中に抱き入れた。久は、じっと目をつむり、徳が久に言い聞かせた言葉を思い出していた。

「久ちゃ、初めての夜はすべて若先生様にお任せすればいいんだよ。緊張するが若先生の言う通りにして、絶対に逆らってはいけないよ。そうすれば、なんも心配はいらないから」

という言葉であった。

定一郎は片手で久を抱き、口づけした。もう一方の手で久の乳房をまさぐった。中肉中背の久は、乳房も程よい大きさであったが、乳首はまだ小さく花のつぼみのように柔らかかった。定一郎は、顔を久の胸に押し付けたかと思うと、乳首を吸い始めた。定一郎はもう我慢の限界に達して、久の上に馬乗りになった。寝まきの前をあわただしくはだけ、いきり立ったものを久の股間に挿入した。久の下腹部に鈍い痛みが走った。あっという間に定一郎は果ててしまったが、それでも久に、

「どうだったね?」

と聞いた。久は恥ずかしくて何も言えずに、ただ微笑みを返したのみであった。

定一郎はすぐに深い眠りに落ちたが、久は興奮して、眠いのになかなか寝つかれなかった。

三日帰り

翌朝五時に久は起きて台所に出た。おツネとおマサもちょうど起きて来たところであった。「おはようさん」と久が挨拶すると、おマサは恐縮して「おはようさんです。朝の支度はわしらがするから、若奥さんはもっと休んでおくれ」と哀願するように言った。おツネは朝の挨拶一つするでもなく、興味ありげな目で久の身体をじろじろと見回した。久はそんなおツネには目もくれず、おマサにいろいろと教えてもらいながら、朝食の支度をした。朝食の支度が終わると、台所とその隣の食事をする部屋の拭き掃除をした。仏壇にご飯と水、茶、お花を供えてお参りするのは、嫁の務めであった。それが終わるとようやく朝食の膳に皆がついた。久はご飯と味噌汁を皆についで皆が食べ終わるのを待っていたが、義母のカネ子が、味噌汁を一口吸うなり口を開いた。

「今朝の味噌汁は久さんが作ったのかね？」

「はい」

「塩辛い味噌汁は体に良くないので、うちでは薄めにしている。おツネが上手に作るから、これからはおツネに塩加減を教わって作りなさい。塩辛いみそ汁は力仕事をする人が飲むものです」

「はい、すみませんでした。これからは気をつけます」

久は、おツネが一言も口を利いてくれないので、おマサにいろいろと教えて貰ったことを悔いた。朝食が終わる頃、カネ子は久に向かって、

「今日は、三日帰りの日だから支度をするように。みやげ物はもう用意してあるから」と言った。久は、急いで食事の後片付けをして更に洗濯物も手伝ってようやく身支度を終えた。カネ子は、往診用の人力車を出させ二人で乗り、久の実家に向かった。道行く人々は、みな振り返り「大先生の奥様と若先生の奥様だ。若奥様もこれからなかなか大変だよ」と噂し合っていた。

カネ子は、久の両親に、「久さんはとてもよく働き、ほんとにいい嫁さんですよ。定一郎も喜んでいます」と挨拶し、持ってきたみやげ物を差し出した。茶を一服飲んだ後、久に向かって、「私はこれで失礼するから、ゆっくり両親に甘えておいで」と言って、待たせてあった人力車に乗ってそそくさと帰って行った。みやげ物には、高価で上等な羊羹と餅菓子が入っており、近所に挨拶代わりに配ると、みなは高価な菓子にびっくりしていた。

その夜は、家中で久の里帰りを祝った。夜は寿司を作り、お頭付きの鯛を焼いてのご馳走で、父の銀蔵は上機嫌で兄の又吉を相手に飲んだ。

「久、新婚の気分はどうだ？」

と久に尋ねたが、久は、

「まだ二日しか経っていないので実感はないけど、大勢の所帯で気が張ります」

と答えた。

久は実家で二泊して、祝言の日から五日目に徳に付き添われて、赤飯と餅を持って定一郎の待つ家に帰った。二人は日のあるうちから家を出て、歩いて帰ることにした。飯切山の峠道にさしかかった時、二人は木陰の石に腰掛けて一服した。春のうららかな陽気に久々子湖がキラキラと光り、そよ風が二人の頬を心地よく撫でた。

「久ちゃ、お義母さんや二人の娘さんは優しくしてくれるかね？」

「お義母さんは、外目には優しいが、家ではなかなかきついことを言われることがある。まっさきに、味噌汁が辛いと言われた。娘さんとは、まだ話をしたことがないのでわからない」

「女中さんが二人いるそうだが、どんな人かね？」

「わしと同じくらいの年のおマサさんは、とても優しい人で何でも教えてくれるので助かる。祝言の夜遅く、わしに気を遣って握り飯をこさえて持って来てくれたんだよ。だが、もう一人年上のおツネさんは意地悪そうで、ろくにものも言ってくれんのだよ」

「そうかね、そんな優しい女中さんが傍にいてくれたら、おっかさんは安心だよ。これからもつらいことが一杯あると思うが、何事も我慢が第一だよ。お前は気が強いのでよう我慢できないのではないかと心配しているのだが。ところで、若先生様は優しいかの？」

「昼間は殆ど二人で話をすることはないけど、この間初めて二人だけの夜は、とても優しかった」

久は顔を少し赤らめて答えた。

「そうか。何事も若先生様の言う通りにしたらいい。だけど家の中のごたごたしたことは、若先生様に言わん方がいいよ。ヤヤ子ができればどんな苦労も我慢できる」

久は黙って頷いていた。

久は翌日、義母のカネ子から、頭に血が上るほどいやなことを聞かされるのであるが、この時はまだ知る由もなく、二人は定一郎の待つ相場家に向かった。

新生活

翌日、昼食を終えると義母は久を呼んだ。

「久さんが里に帰った日に、親戚の大野家の伯母さんがやって来て、花嫁さんの荷物が見たいというので、定一郎に断ってあんた達の部屋に入れてもらった。私はてっきり、桐の箪笥とばかり思っていたが、油単をとってみたら欅《けやき》の箪笥だった。大野の伯母さんは『こりゃ桐の箪笥じゃあないね。相場家に来る嫁さんが桐の箪笥を持って来ないなんてねえ』と言ったんだよ。私は恥ずかしくて返事に困った。こんな赤恥をかいたことはない。『でも着物はいいものをたくさん持って来ているようよ』と言っておいた。八重子が京都の呉服屋さんに着物を注文するついでがあったので、京都の家具屋に桐の箪笥を注文しておいたよ。一ヵ月ぐらいしたら持って来るそうだから、着いたら全部入れ替えて久さんの持ってきた箪笥は蔵にでも入れて置きなさい」

久は思いもよらぬことを言われ、黙ってうなだれて聞いていたが、

「すみません、お義母さん、迷惑を掛けて……」

と謝るのが精一杯であった。久は義母の部屋を出ると急いで自分達の部屋に駆け込み声を殺して泣いた。久は、両親が敦賀の箪笥屋で最も上等のものを買ってくれたのにと思うと、悔し涙が拭いても拭いても溢れてきた。久は、昨日別れたばかりの徳の言葉を思い出していた。「どんな辛いことでも我慢せねばあかん。ヤヤ子ができれば我慢もできるから」と。

やがて一ヵ月後には京都から桐の箪笥が届き、久が持ってきた箪笥は蔵にしまわれた。この時、「相場先生の奥様は、若奥さんの持ってきた箪笥が気に入らないで、わざわざ京都から桐の箪笥を取り寄せたそうな。若奥さんも苦労だなあ」と久に同情する噂が村中にながれた。

定一郎は、昼は父の診療に付いて学び、時には往診に同行したり、代診したりした。また書生と一緒に薬を作ったりした。夜は、酒もほどほどにして、久が風呂をもらって部屋に帰ってくるまでは、本を読んでいることが多かった。久が部屋に戻ってくると、二人は専ら夜の夫婦生活を楽しんだ。定一郎は、久を優しく抱いたり、時には激しく求めたり、時には、一晩に二度も求めてくることもあった。

久はようやく夫婦生活というものがわかりかけてきたが、何しろ早くヤヤ子を欲しいと思い定一郎にすべてを任せた。こうして、甘い新婚生活は夜のみで、久は朝早くから夜まで働き通しで、おまけに食事もゆっくり摂れず、使用人と同じ食事しか摂れなかった。女中のおマサがそんな久を気の毒に思い、ときどきおツネがいない時を見計らっては、握り飯を作ったり卵焼きを作ったりして久にそっと渡していた。

「若奥さん、腹が減るからそっと部屋に持っていって食べとくれ」

久はそっと隠すようにして、自分の部屋に入り、急いで食べた。

相場家の娘二人は、家事は一切せず、毎日裁縫、茶の湯、お花、習字、お琴などの習いものばかりしていたので、二人とも相当に腕は上がっていた。ある日、カネ子は、「久さん、あんたはお茶を立てることができるかね?」と聞いた。久は、今まで一度もお茶など習ったことがないので、「今まで一度も習ったことがないので、できません」と言った。義母は久に軽蔑の眼差しで、

「田舎出の娘はこれだから困るわねえ。相場家の嫁がお茶も立てられないでは、大恥をかくところだった。私は毎週月曜日に、うちの娘二人と村長さんの娘さんの他二人の娘さんに茶の湯を教えているので、久さんも来週から習いなさい。道具は娘たちが持っているから、それを使いなさい」

と頭ごなしに言った。久は、茶の湯など習う気はなく、まだ掃除や洗濯をして体を動かしている方が気が楽であったが、仕方なく「宜しくお願いします」と頭を下げた。

それから毎週月曜日の午後は、久にとっては針のむしろを踏む思いであった。義母は必ず久をきつく叱った。他の娘五人はもう二年ぐらい習っていたが、久はまったく初めてである。そ

れでも久が所作の順を少しでも間違えると、厳しい口調で、

「久さん、順序を間違っていますよ。あんたは頭がいいと聞いていましたが、何度教えたらわかるんでしょうね」

とこぼした。茶の湯を習う時は必ず着物を着替えるのだが、久はお稽古だからと思って地味な縞の着物を着て行った。すると義母はすぐ着物に目を留めて、

「何だね、その着物は。それは仕事着だよ。もっと派手な花柄のいい着物を持ってるでしょ」

とくる。久はすぐに謝って着替えた。

嫁いで来て二週間を過ぎた頃から、久はときどき激しい胃痛に襲われた。暫く我慢していると治まってきた。それの繰り返しで、やがてだんだんと食欲もなくなってきた。それでも、夜になれば夫と二人だけの楽しい時間を過ごすことができると思うと、それだけを楽しみにしてどんな苦しいことにも我慢することができた。

嫁いでちょうど一ヵ月が過ぎた頃、久は肌に張りがなく頬もやせ落ち、体重もかなり減ってきた。そんなある夜のことである。

「久、早くこっちへおいで」

と定一郎は布団の中から手招きをした。「今すぐに行きますから」と久は大急ぎで夫の所に

滑り込むようにして布団に入った。定一郎は、すぐに久を裸にして抱いたが、その時、久が初めのころより余りにも痩せてきたことに気が付いた。

「久、お前この頃、大分痩せてきたのう。飯はちゃんと食べとるか？」

「はい、近頃はときどき胃が差し込むように痛いし食欲もないので、ご飯はあまり食べられないのです」

久は正直に答えた。定一郎は、パッと体を起こして、暫く久の体を眺めていたが、すぐに久を抱き寄せて久の耳元で囁いた。

「この家に来てからいろいろと気苦労が多いので、そのためと思うが、明日は少し調べてみよう。医療所に来なさい」

「はい」と久は小さな声で返事をしたが、義母はじめ小姑や女中達に何を言われるかと思うと、不安が余計に募り、夫に黙っておけばよかったと後悔した。

「家のおっかさんや妹たちも気が強いのでなあ。お前に苦労をかけてすまない。僕からまた言っとくから」

「若先生様、とんでもないことです。それだけは言わんでください」

と久は、必死で夫に頼んだ。その夜、定一郎は、はやる心を抑えて久とは交わらなかった。

翌朝久は恐る恐る医療所に行った。大先生が診察して夫は傍で見ていた。分銅の付いた大きな秤に乗り体重を量り、その値から着ている着物の重さを差し引いて真の体重を出した。十二貫目（四十五キロ）あった体重が十貫目強になっており、その減り方には、久自身がびっくりした。大先生は、

「気から来る痛みだから、心配はいらないが、胃が痛む時は、薬を出しておくからそれを呑みなさい」

と言ってくれた。久は二種類の白い薬を十日分もらった。夜になって夫にこの薬は何の薬かと尋ねると、夫は詳しく説明してくれた。心優しい定一郎は、久を少しこの家から解放してやる必要があると思い、それから間もなく経ったある夜、久に言った。

「久、今度二人で暫く温泉に行こう。お前には休養が必要だ」

久はその言葉を聞いて、内心飛び上がるほど嬉しかったが、すぐ義母と小姑達の顔が浮かんできた。

「若先生様、私はもう大分元気になったので大丈夫です。家の仕事がたくさんありますから」

「そんなに心配せんでもいい。僕が明日、親父とお袋に話すから」

久はその夜、定一郎に抱かれてうれし涙をそっと流した。

新婚旅行

翌日、定一郎は夜の食事を終えて両親が一服している時に、久との新婚旅行を提案した。

「親父さん、久が気疲れして食欲もなく随分痩せてきた。少しの間、温泉にでも連れて行って身体を休めさせたい。このままにしておくと寝込んでしまう。早く気分転換させた方がよいと思うから」

父の相場清太郎はさすが医者である。うん、うんと相槌をうって賛成してくれた。

「そうだ、それも治療の一つだ。早く連れて行ってやれ」

しかし母親のカネ子は気難しい顔をして定一郎に言った。

「なにを久は甘えているのか。嫁は働くのが当たり前だ。お前が甘やかすから、久は図に乗るんだよ」

だが定一郎は一生懸命母親を説得した。最後には、とうとう母親も根負けし旅行を許した。もともとカネ子は、大事な跡取り息子の言うことは何でも聞いてやっていた。今回も久が絡んでいなければ、二つ返事で許していたのである。

こんな具合で、二人は結婚一ヵ月目で旅行に出た。今でいえば、新婚旅行である。当時は、よほど経済的に余裕のある家庭か、地位のある家庭の子息でなければ新婚旅行などできなかった。

定一郎と久は、早瀬浦から船に乗って、塩屋、瀬越、本吉、宮腰、福浦、輪島を過ぎて、七尾まで行きそこで船を下りて、和倉温泉に逗留した。時は五月半ば、辺りはようやく新緑に包まれ気候は爽やかであった。久はふと、早瀬ではもう父は行商に出たであろうかと実家のことを思った。久はこの時初めて、夫を「旦那さん」と呼んだ。いつも家では、使用人の手前「若先生様」と呼んでいるが、この旅では誰にも遠慮する人もないので、思い切ってこう呼んだのである。定一郎も初めは照れていたが、気を良くして「何だね」と返事をしてくれた。

久はだんだんと体の調子が良くなり、気分も明るくなってきた。夜になると必ず寝物語に定一郎に医学のことについて尋ねた。

「旦那さん、咳が出る時にはどんな薬が効くかね?」「便秘には?」「下痢には?」「熱や風邪には?」という具合にどんどん聞いていき、久は忘れないように薬の名前や色合い等をメモしておき、覚えていった。

またある時は、東京のことも尋ねてみた。

「東京の医学校ではどんなことを習っておいでかね?」

「俺はいま済生学舎という学校に行っている。学生は大勢いるので、いったい何人いるのかわからん位だよ。講義は夜中からあったり、夜遅くまであったりで、とても大変なんだ。女の学生も何人かいるが、よく頑張っているよ」

「ふーん、女の学生さんもいるのかね」

「荻野吟子という人がこの三月に後期試験に合格して、政府公認の女医第一号になられたというので、それは大変な評判になったんだ。好寿院という医学校を卒業したが、日本政府がなかなか女性に対して試験を受けさせなかったそうで、内務省に何度も直談判に行き、とうとう女性にも試験を受ける権利を認めさせた。それで前期、後期試験に見事いっぺんで合格されたと聞いた」

「世の中には、女でもすごく偉い人がいるもんだね」

この時、久は、医者の学校とまでは思っていなかったが、更に上級の女学校に進みたい希望があったことをふと思い出した。しかしどんなに逆立ちしても、久の育った環境では無理なことであった。久はふと、もし子供が生まれたら、男の子であれば勿論のこと、女の子であっても医者にしたいと思った。自分が果たせなかった夢を是非子供に託したいと思った。

定一郎は一見厳格な性格で口数も少ないように見えるが、少しお酒が入ると陽気になり、口数も多くなって気さくに楽しい雰囲気を出してくれた。

また久は、ようやく性にも目覚め、夫の激しい愛撫にも積極的に応えた。夫婦の営みを二人で楽しむことができるようになってきた。

この十日程の和倉温泉の旅で、久の体はすっかり元気になった。若い二人にとっては正に蜜月旅行であり、久の生涯で二度とこんな素敵な旅をすることはなかった。

妊娠

久の体を癒すという名目で、夫との新婚旅行は、久にとって非常に効果があった。久は少々姑に意地悪されても、なるべく気に留めないで軽く受け流すように努力した。

八月の、朝から照りつける暑い日、久は女中のキミと一緒に庭の掃き掃除を終え、朝食の支度にとりかかっていた。その時、急に激しいむかつきを覚え、その場に座り込んでしまった。おツネは、久が倒れこんでいる姿を横目でチラッと見ていたが、見て見ぬふりをしていた。おマサが慌てて久のところに飛んできて、「若奥さん、どうしたね？」と心配そうに久の顔を覗き込んで、しゃがみこんでいる久の背中をさすってくれた。暫くして久はようやく顔を上げることができたので、「わしはもう大丈夫だから、早く朝の食事の支度をしておくれ」とおマサを促した。

久は、結婚以来一度だけ〝月のもの〟があったが、六月、七月はなく、早《はや》八月の初旬であった。徳から聞いてはいたので、もしかしたら妊娠ではないかと思ったが、誰にも言わないでいた。その後、二、三日様子を見たが、久は日に四、五回もむかつきの発作に襲われた。食欲も落ち、やたらと酸っぱいものが食べたかった。

当時の風習では、若い嫁が妊娠に気が付くと、まず実家の母親に話し、母親から姑に告げてもらうことが普通だった。久はその夜、夕食後に義父母と夫が一服しながら雑談している部屋に行き、「最近、体の具合が悪いので、少しの間、里に帰らせていただけないでしょうか」と頭を下げて願い出た。定一郎はすぐ「どんな風に具合が悪いのかね?」と久に尋ねた。久は少し顔を赤らめて、

「何となく体がだるく、食欲がなくてときどきむかむかします」

と説明した。義母のカネ子は、さすが医者の女房だけあって、すかさず、

「ヤヤ子ができたんじゃあないかね?」

と言葉を返した。久はうつむいたままで、

「まだはっきりとはわかりませんが……」

と言葉を濁した。カネ子は一人で妊娠と決め込み、流産でもしたら大変と思い、いつになく優しい声ですぐに里帰りに賛成してくれた。

「お盆も近づいてきたし、早速明日にでもおマサに送らせるから、実家ですこし休んだらええ」

翌朝、珍しくカネ子は人力車まで仕立ててくれた。久は、女中のおマサに付き添われて、二人で人力車に乗り実家に向かった。久は約四ヵ月ぶりに実家に帰った。

「婆やん、おっかさん、ただいま。今日は、おマサさんが付き添って来てくれた」

ちょうど昼食の支度をしていた徳と婆やんは、急いで玄関に出てきて、「まあまあ、よう来たのう。さあ中へお入り」と二人を家の中に招いた。

「おマサさん、久がいつも何かと良くして貰っているそうだね。久はおマサさんがいてくれるので非常に心強いと言っている。ほんとにありがとう」

おマサは恐縮しきって、

「とんでもない。若奥さんは非常に良くお働きになるので、病気にならないかといつも心配しとります」

と答えた。徳は、お茶と菓子をおマサに出して、「さあ、あがっとくれ」と勧めた。おマサはもじもじしていたが、茶だけすすると早く帰らねばまたおツネに叱られると思い、早々に辞した。徳は、出した茶菓子を半紙に包んでおマサの手に握らせた。

「帰ったら、大先生、若先生、奥様に何卒よろしく伝えておくれ。いずれ後ほどご挨拶に上がるから」

と言っておマサを送り出した。久は、針のむしろの上にいるような気分の相場の家と違って、住み慣れた我が家では、誰一人他人がいないので、いっぺんに安堵感に包まれ疲れが出て、徳の胸にすがって、オイオイと泣いた。涙はとめどなく溢れてきた。徳は久を抱きながら背中をそっと撫でてやった。

「久ちゃん、よう帰ったのう。少し痩せたかえ？」

久は徳に、

「月のものが嫁いで以来一回あっただけで二回飛び、つわりのようなむかつきが激しく食欲もないの。どうもヤヤ子ができたのではないかと思うの」

と告げた。徳は「そうかね、それはよかった。苦労しているが、天からのお恵みだから体に気をつけておくれ」と言って、久と喜び合った。

父銀蔵と兄は行商で東北に行っていたので、じっちゃと婆やん、弟二人の水入らずで、その夜は夕食にご馳走が出た。あれほど食欲がなかった久は、なぜかその夜は食欲があり、もりもりと食べることができた。

一般に、嫁に行った娘が妊娠すると、母親は婿家に対して娘は普通の体ではないことを告げ、嫁に対して配慮するようにお願いする挨拶に出向く。

盆も過ぎ、八月の下旬になった。夫の定一郎は九月に行われる医術開業試験の前期の部を受けるために上京せねばならず、久のつわりも幾分治まったので、八月の下旬に相場家に帰ることになった。徳はよそゆきの着物を着、赤飯の入った重箱を持って久と二人で人力車に乗った。

夫は、九月の中旬に行われる医術開業試験の準備のため上京した。義母カネ子は、久が妊娠したからといって特別に久を大事にすることはなかったが、食事だけは今までと違っていろいろと気配りしてなるべく栄養のあるものを出してくれた。カネ子は久に向かって、

「明日から三食、大先生と同じ物を食べなさい。これは久さんが食べるのではなくて、ヤヤ子が食べるのですよ。十分に栄養をとらないと元気なヤヤ子が産まれませんから」

と言った。

「ヤヤ子ができたら、絶対に守ってもらわにゃあいかんことがあるで、今から言っておく。よく聞いておくれ。まず犬や猫を大事にしなきゃあいけない。絶対に叩いたり蹴ったりしたらいかん。罰が当たってお産が重くなったり、ヤヤ子が死んでしまうことがあるからね。次に、便所をきれいにすると、きれいな子が生まれるから、明日から便所掃除は久さんにやってもらうね。私も定一郎を身ごもった時は、義母から言われて一生懸命お産の日まで掃除をしたものだよ。また兎の肉を食べると、三口の子ができるで、絶対に食べたらだめだよ。お産はじっとして体を大事にしていると、余計に重くなるもので、今までどおり、おツネやおマサと一緒に働いておくれ。もしどうしても体がえらい時は、私に言っておくれ。遠慮なく体を休めてもらうから」

とカネ子はいつになく優しい眼差しで久に言い含めた。

「お義母さん、ありがとうございます。頑張って丈夫なヤヤ子を産みますから」

と久はお礼を言って、部屋に下がった。

久は、その後、近くの佐支神社に毎朝欠かさず「丈夫なよい子を授かるように、できれば男の子であって欲しい」と熱心にお参りをした。

十月、妊娠五ヵ月目に入ると、義母は一日をかけて敦賀市の常宮《じょうぐう》神社に安産の祈願に出かけ、腹帯を貰ってきた。この腹帯は、一反の白木綿で末広がりにあやかって八尺（二・四メートル）あり、一尺幅のものを二つ折りにして、両端は三角折りにして紐をつけ、片端には「寿」の字が入っていた。義母は久を呼んで、

「久さん、これを、今度の戌《いぬ》の日に、産婆さんを呼んで巻いてもらいなさい」

と言って久に手渡した。それから久は毎日欠かさず佐支神社に「夫の合格」と「安産」の祈願をし、せっせと体を動かしてよく働いた。

出　産

やがて年も変わり翌明治十九年、三月に入って、春といってもまだ寒い日も多かったが、産み月になったので久は里帰りした。

三月初め、いよいよ久の出産が近づいて納屋の一室に藁布団の上に油紙が敷かれ、産屋が用意された。三月とはいえまだ肌寒かったので、炬燵や火鉢を入れて部屋を暖かくした。当時は座産であったので、天井から力綱《ちからづな》が吊り下げてあった。

三月十日、久は、陣痛が激しくなってきたので、座って産む姿勢をとった。後ろの布団に寄りかかりながら、激しい陣痛発作がおそってくる度に、産婆さんに励まされながら、力綱を握りしめて力んだ。

「若奥さん、もう頭が見えとるよ。もうちょっとだよ。ほれ、頑張れ！」

「ううーん……」

「それ、頑張れ！」

「うう……」

「若奥さん、もう頭が半分ぐらい出てきているよ」

「ううーん、ううーん」

久のうめき声も悲痛であった。

「オギャア」という泣き声を微かに聞いたような気がして、久は我に返った。継母の徳は傍にいて、しきりに久の額の汗を拭いてくれていた。産婆さんの「若奥さん、男の子だよ」という弾んだ声が聞こえてきた。久はうれし涙が自然と頬を伝わり、徳と手を握り合って喜んだ。

岡崎家では久の嫁ぎ先の相場家に、無事に男の子が産まれたことを知らせにすぐに又吉をやった。こうして相場家の定一郎、久夫婦に長男が誕生した。一週間もすると産屋は取り払われ、元気になった久親子は、今まで一切出入りを禁止されていた台所へも出られるようになった。久は、産婆さんから、薄い塩水で湯浴みして、体は勿論足の裏まできれいに拭いてもらい、赤ん坊は頭の産毛を剃ってもらった。

義母カネ子は、祝いの品を持ってやって来た。赤飯と鯛、一つ身一枚分の反物、米の袋には長さ十五～十八センチ、幅六、七センチの昆布が引き結びにつけてあった。カネ子は、丸々と良く肥えた元気な赤ん坊を見て、満足そうに久をねぎらい、おもむろに名前は大先生が「馨《かおる》」と付けたことを告げた。

当時、初孫の命名は一家の家長、特に祖父が行なった。清太郎は医療以外に日本の政治にも深い関心を持っていた。遅れてくる新聞しか情報はなかったが、常に興味を持ってすみずみまで読んでいた。そして近代日本黎明期の政治家「井上馨」に傾倒していた。清太郎は早くから、もし男の子であれば「馨」と名前をつけたいと思っていた。久はこのハイカラな名前を初めて聞いた時は驚いたが、東京の偉い政治家と同じ名前だとの説明を聞いてたいそう気に入った。

一方、夫の定一郎は、三月二十日の後期試験を受けるために、とうとう久々子には帰ることができなかった。

新緑が目にしみるように美しい五月下旬、馨が生後五十日目になり、宮参りの日を迎えた。義母カネ子を招き、実家の継母徳は馨を抱き、カネ子からの贈物の産着を肩からかけて、早瀬の日吉神社に出かけた。柔らかな新緑の緑と心地よいそよ風に包まれて、久は男の子に恵まれたことを感謝し、元気に育つことを一心に祈った。父の銀蔵や兄の又吉はこの宮参りが終わるまで行商に出るのを待っていてくれた。

その夜は、岡崎家では親戚一同を招き、ご馳走を作って祝いの宴を設け、カネ子を接待した。翌朝、義母カネ子が馨を抱き、久も一緒に人力車に乗って久々子の相場家に帰った。久の乗った人力車に従ってリヤカーで、祝いの赤飯、子供箪笥、たらい、洗濯板など、久がお産に使ったものすべてを運んだ。

定一郎は、この年の三月に医術開業試験の後期試験を受け、発表は三ヵ月後の六月の初旬であった。本来ならば、一日も早く帰省して我が子の顔を見たかったのであるが、できれば「合格」というおみやげを持って帰りたかった。しかし結果は残念ながら「不合格」であった。定一郎は、久からの馨の様子を知らせた手紙で一日千秋の思いで待っている久や馨の顔が見たくなり、矢も楯もたまらず、久々子に帰る旨の電報を打った。

カネ子は、六月のある日、台所で昼食の支度をしている久の所にやって来た。

「久さん、定一郎から今電報が届いた。近々帰ってくるそうだよ」

久は思わず、

「お義母さん、本当ですか。やっと帰ってくれるのですね。嬉しいです。それで、試験は合格したのでしょうか?」

と聞いた。

「電報には何も書いてないので、帰ってみなければ、はっきりとはわからないわねえ」

久は定一郎の帰郷を今か今かと待ちわびた。定一郎は三日後にやっと、久々子に帰ってきた。

定一郎はまず両親の所に行き挨拶した。

「お父さん、お母さん、ただいま帰りました。残念ながら試験は駄目でした」

清太郎は、

「よく帰ってきた。試験のことは急がなくてもまた来年受ければよい」

カネ子は労をねぎらうように優しい声で、

「長旅で疲れたでしょう。ゆっくりしなさい。馨は丸々太って元気ですよ」

と報告した。

夕食の後片付けも終えて、自分の部屋に下がっていた久は馨に添い寝して乳を呑ませていた。

「おーい、久、今帰ったぞ！」

夫の明るく弾んだ声を久しぶりに久は聞いた。久は慌てて着物の襟を正して、馨を抱いて夫を迎えに部屋を出た。久はもう少しで、急いで歩いてきた夫とぶつかる所であった。

「若先生、お帰りなさい」

と馨を抱いたままで頭を下げた。嬉しさで目頭が急に熱くなって涙が出そうになった。久が馨を夫の方に向けて、

「ほら、お前のお父さんですよ」

と言うと、馨は急に見慣れぬ大きな男の人を見て、久にしがみついて泣き出した。

「すみません。馨はこの頃、人見知りをするようになったんです」

久は定一郎と共に自分たちの部屋に入り、久しぶりに夫婦で会話を交わした。久は、この時、夫のことを「あんた」と呼んだ。

「久、元気な男の子を生んでくれてほんとにありがとう。親父もお袋も大喜びだよ。わしが留

守ばかりでお前に心細い思いをさせてすまん」

「あんた、何言っておいでかね。わしは男の子を授かっただけでも幸せ者だよ。それにお乳はよう出るし、馨は丸々太って元気だよ。それよりもあんた、後期の試験の結果はどうだったかね？」

久は夫の顔を見て尋ねた。

「うーん、残念ながら今回の試験はなかなか難しくて駄目だった」

先ほどから馨にお乳を含ませていたので、馨はいつしかスヤスヤと寝入ってしまった。久はそっと馨を布団に寝かせた。二人で馨を覗き込みながら、

「目元、口元はお前にそっくりだが、顔の輪郭は親父に似ているかな」

と定一郎が言えば、

「顔の輪郭は大先生よりもあんたに似ていると思うわ」

と久は答えた。

その夜、夫婦は思い切り夫婦の契りを交わしたあと、馨を挟んで川の字になって寝た。久がこんな幸せのひと時を味わったのは、本当に久しぶりのことであった。

姑との確執

相場家の長女八重子は、久よりも二つ年上の二十一歳であった。細面できゃしゃな体つき、色白であったが、ツンとしていてどことなく親しみにくい感じの娘であった。降るようにあった縁談はどれも気に入らず、早《はや》二十一歳になっていた。

母親のカネ子は心配してあちこちに縁談を頼んでいたが、ようやく親戚に出入りしている京都の大きな呉服屋の跡取り息子との縁談が決まり、その年の五月に嫁いで行った。片田舎とはいえ、医者の娘が商家に嫁ぐわけで、格式から言えば上であったので、娘に恥をかかせないために、大層見栄を張った豪華な嫁入り支度であった。

明治十九年の春は、相場家にとって、久の出産、八重子の嫁入りと慶事が続いた。残念なのは、定一郎が試験に合格できなかったことだけであった。

相場家に帰ってきた久へのカネ子の態度は、久のお乳の出が悪くなると困るので、食べ物は以前ほど惜しまなかったが、相変わらず女中と同じように下働きをさせた。久が頃合をみては、馨にお乳をやりに行くと、カネ子が馨を抱いてあやしていた。初めのうちは久も黙っていたが、余りしょっちゅうカネ子がやって来て馨をあやしているので久は思い切って義母に言った。

「お義母さん、しょっちゅう抱くと抱き癖がついて困ります。余り抱かないで欲しいのですが……」

カネ子は睨むような目をして久に言った。

「私は何もしょっちゅう抱いとるわけじゃあないよ。馨が泣くから見に来てあやしてやってるだけだよ」

という言葉を投げ捨て、荒々しい足音を立てて部屋を出て行った。今まで久は、義母に対して意見がましいことを一度も言ったことはなく、いつもどんな無理を言われても従ってきた。

しかし馨のこととなって、思わず口に出てしまった。

それから三日間、義母は馨のところにも来ないし久に会っても物も言わず、久が朝の挨拶をしても知らん顔をして、プイと顔を逸らしてしまった。

その日の朝も台所にやって来て、

「おマサさん、今日は十時に親戚の人が二人来るので、お茶とお菓子を出して頂戴」

と命じ、おマサは傍に久がいたので、

「あの……、若奥さんでなくて、わしが持っていくのでしょうか?」

カネ子はチラッと久を見て、

「馨のお乳の時間だから久は忙しいでしょう。お前が持って来なさい」

カネ子は久をまったく無視していた。

「はい、わかりました」

おマサはじっと下を向いて我慢している久を見て気の毒に思い、そっと小声で返事をした。久はこのことがあったので、義母に言いすぎたことを謝りに行かねばならないと思ったが、そのタイミングを逸してしまった。

三日目の晩、夫と二人きりになった時、すべてを打ち明けた。

「あんた、三日前のことだけど、お義母さんが馨をしょっちゅう抱くので、抱き癖がつくから、余り抱かないで欲しいと言ったんです。そうしたら大層機嫌を悪くして、私に物も言っておくれでないし、挨拶もしてくださらない。どうしたら良いでしょう?」

「そうか、お前にも苦労をかけるな。お袋も八重子が嫁いで寂しいのだろう。お前も知っての通り、この家ではお袋が家の中のことはすべてを取り仕切っているので、お袋の言うとおりせねばならん。俺でもお袋には勝てん。お袋の機嫌を悪くすると後が厄介だ。今からすぐに二人で謝りに行こう。その方が、お前にとっても得だよ」

二人はすぐに両親の部屋に行った。

「おっかさん、ちょっと話があるから中に入らせてもらう」

「お入り」

とカネ子の声が返ってきた。障子を開けると、清太郎は新聞を読み、カネ子は珍しく縫い物をしていた。カネ子は久をまったく無視し、定一郎に向かって話をした。

「定一郎、馨は機嫌よく寝ているかね？」

「よう寝ている。ところでおっかさん、先日、久がおっかさんに対して馨のことで、大変失礼なことを言ったそうで、二人で謝りにきました。久も十分に反省しているから許してやっておくれ」

後ろでうなだれていた久は、つつっとカネ子の前に出て深々と頭を下げた。

「お義母さん、この間は私が言い過ぎました。ほんとにすいませんでした。これからは気を付けますので許してください」

カネ子は久には何も答えず、定一郎に向かって、

「定一郎、馨には子守りを付けることにしました。もう話も決まっていて、来月から、おハルという娘が来てくれることになっているから」

「おっかさん、いろいろとありがとう」

と言って二人は部屋を出た。

久は、夫と相談して馨に手がかかるようになれば、いずれ子守りを雇ってもらうつもりでい

たが、義母のあてつけがましい態度に対して無性に腹立たしくなった。その夜は溢れ出る涙で枕を濡らした。

定一郎は、来年三月の後期試験の準備のために九月に東京に出て行った。

義妹の出産

明治二十年の正月は賑やかであった。夫の定一郎は正月の一週間だけ帰省していたが、試験の勉強のためすぐに東京に行ってしまった。

前年の五月に京都に嫁いだ八重子はすぐに身ごもり、七ヵ月の大きなお腹を抱えて里帰りしていた。嫁いでからも余り体を動かさないで楽ばかりしているので、子供の成長が良すぎてお腹も月の割には大きかった。八重子は実家の母親ばかり当てにしていて、この度も三月初旬の出産を終えて身二つになってから、京都に帰るつもりであった。八重子は嫁入り前のように、「八重子嬢さま」と女中たちにかしずかれた生活をして、掃除、洗濯など一切せず、上げ膳据え膳で一日中部屋で子供の下着やおしめを、または母親の手ほどきを受けながら、赤ちゃん用の着物を縫っていた。ちょっと疲れると、すぐに部屋で横になって動こうとしなかった。

八重子が朝遅く起きてきて顔を洗っている時、掃除をしている久とぱったり出会うことがある。久が「おはようございます。体の塩梅はどうかの？」と声をかけても、「おはよう」と鼻先であしらうような返事をするだけであった。八重子にとって久は、たとえ年は二つ下でも、兄嫁である。お義姉さんとして立てねばならぬところだが、あくまで田舎出の女中としか見ていなかった。久は八重子の下着の洗濯、食事の支度、掃除に一日中追われ、馨は子守のおハルに預けっぱなしであった。

馨は久の母乳が良く出たので丸々と太り、生後十ヵ月にもなると「つかまり立ち」ができるようになった。それだけに余計に目を離せなかったが、「おっかさん」と「おハルさん」はわかった。よく笑い、よく寝て元気に成長していった。夕食を終えると、久はようやくおハルから馨を引取り、馨を抱いて両親に挨拶に行くのが習慣であった。

「お義父さん、お義母さん、今日も一日無事に終えることができました。お先に下がらせて頂きます。馨もこんなに元気です」

と挨拶をして自分の部屋に下がった。馨と二人だけになって寝るまでの二、三時間が久にとって至福の時間であった。馨と二人だけになる時間が遅いので、馨はすぐに眠ってしまうことも多かったが、起きている時にはまだ理解もできない馨にいろいろな話をしてやった。スヤスヤと無心に眠っている馨の顔を見つめながら、夫が一日も早く試験に合格して、一緒に暮らせたらどんなに幸せかと思った。里の継母が「どんなに辛いことがあっても、ヤヤ子ができたら辛抱できる」と慰めてくれたことを、今更のように久は実感していた。

八重子が産気付いたのは、三月になったばかりの二日であった。北側に面した小さな部屋を産室に仕立て、八重子はそこで出産した。明け方の三時ごろから陣痛が始まり、断続的に陣痛は強まってきた。産婆二人が付きっ切りで世話をした。陣痛は夕方頃から激しさを増してきて、八重子は力綱に取りすがって体にも似合わぬ大声で「痛い、痛い」とわめいた。母親のカネ子は、傍に付いていてもどうしようもなく、ただ、オロオロするばかりであった。久は自分が一年前に経験しているだけに、カネ子より落ち着いて、八重子を支えたり、背中をさすったりしながら、ひっきりなしに八重子を励ました。

八重子は散々苦しんだ挙句、十五時間かかり、夕方の六時頃ようやく丸々と太った女の子を出産した。出産の際、会陰裂傷をおこしてかなり出血した。すぐに父親の清太郎が呼ばれ、裂傷部を七針縫合した。出産後、八重子は貧血のため相当衰弱した。女の子が生まれたことはわかったが、その後は昏々と眠りつづけた。赤ん坊は、産婆さん二人が湯浴みしてきれいに拭き、新しく用意したガーゼの下着で包み着物を着せた。皆八重子の出産を心配していたが、ほっと安堵の空気が流れた。

やがて赤ん坊がお乳を求めて「ギャアギャア」と泣き始めた。カネ子は慌てふためいたが、こんな遅い時間にどうしようもなかった。「そうだ！　久さんならまだお乳が出るだろう」と思い、すぐに久の部屋にいった。久はちょうど馨をあやして寝かしつけているところであった。障子を開けると、カネ子は落ちつかない様子で言った。

「久さん、あんた、まだお乳出るでしょう?」

「はい、馨には夜お乳をやっているので、少しは出ます」

「そうかね、それはありがたい。八重子はまだ眠っているし、ヤヤ子はお乳を欲しがって泣いて困っている。お乳をやって貰えないかね」

といつになく丁寧な口調で久に頼んだ。

「そりゃあ可哀そうに。八重子さんはまだ眠っておいでですか?」

「そうなんだよ。くたくたに疲れてまだ眠っているので、起こすのも可哀そうでね」

「すぐに行きます。ちょうど、馨も眠ったから」

と返事して久は八重子の産室に行った。久は泣いている赤ん坊を抱きおっぱいを含ませると、赤ん坊は力強く吸って十分もせぬうちに、スヤスヤと眠ってしまった。傍でじっと見ていたカネ子はほっと一安心して、久に礼を言った。

「久さん、ありがとう。ほんとに助かったよ。こんな夜になって急にお乳を飲ませてくれる乳母などさがすこともできないし。ほんとに助かったよ」

「いいえ、お義母さん、私にできることならたやすいことですよ」

今までの義母や八重子の久に対する態度からみれば、久は当然「それみろ、罰があたった」と思いたくなる所だが、久は心から「役に立って良かった」と思った。

「久さん、あんた、明日から当分台所の仕事は女中にさせるから、あんたは馨の世話と八重子のヤヤ子にお乳をやっておくれ」

と久に押し付けるように言った。久が自分の部屋に下がって暫くして、珍しく女中のおツネが菓子と茶を持ってきた。久は驚いて「どうしたの？」と聞くと、カネ子が持って行きなさいと言ったという。

翌朝、久がいつも通り早く起きて台所の手伝いをしていると、早速昨夜泊まり込んだ産婆さんから、ヤヤ子にお乳をやってほしいと呼ばれた。久が行ってお乳を飲ませると、赤ん坊はすぐに寝入ってしまった。

その朝、みんな揃って食膳を囲んだ時、久には、小魚の干物や生卵など他の者より多く、大先生と同じおかずが付いていた。久はびっくりして、

「お義母さん、私はこんなに沢山のおかずはいらないんです」

と言うと、カネ子はすかさず、

「久さんにはヤヤ子にお乳をやって貰わねばならんで、十分に食べておくれ。食べないとお乳は出ないから」

と食べるように促した。

その日、久は一日に数回、赤ん坊にお乳を飲ませた。夕方になって、やっと八重子は目を覚

まし、傍でじっと見守っていたカネ子に初めて声をかけた。

「お母さん、ヤヤ子は?」

「そこでスヤスヤとよう寝ているよ」

八重子は体を起こしてわが子を見ようとしたが、まだしっかりと起き上がれなかった。

「無理をしたら駄目だよ。寝ていなさい。ヤヤ子はそっとお前の傍に連れてくるから」

カネ子は、そう言って布団ごと赤ん坊を八重子の傍に連れてきた。そこにはわが子の寝顔があった。八重子は、初めてじっと寝顔を見ていたが、安堵したためか、目には涙が溢れていた。

八重子は暫くしてふと思い出したように、母親に尋ねた。

「お母さん、ヤヤ子のお乳はどうしているの?」

「久さんがまだお乳が出るので、飲ましてくれているよ。ヤヤ子がお乳を欲しがって泣き、どうしたらよいか困っていた時、久さんがお乳をやってくれたんだよ。お前も元気になったら、お礼を言わなきゃあいけないよ」

カネ子が言い終わるや否や、八重子は目を吊り上げてすごい形相をして母親に言った。

「お母さん、あんな田舎もんのお乳など、絶対にうちの子にやらんといて!」

カネ子はその剣幕に驚いた。

「お前、そんなことを言うけど、どれだけ助かったかしれないんだよ。田舎もんというけど、仮にもお前にとってはお義姉さんじゃあないか。久さんには感謝しなければいけないよ」とカネ子は珍しく八重子を叱った。

「お義姉さんなんて、もっとしっかりした家柄の者でないといやだわ。明日は是非しっかりした乳母を探して欲しい」

カネ子は衰弱している八重子に、これ以上逆らってはかえって八重子の神経を苛立たせて体に良くないと思い、

「そうだね。明日はあちこち当たってみよう」

と言って八重子を安心させた。ちょうどその時、女中のおマサが重湯や梅干、お茶を持って入ってきた。カネ子は八重子に重湯を食べさせながら、よい乳母がいないか、産婆にも聞いてみるつもりであった。

久は、翌日おマサから、八重子の食事を持って行った時、久がお乳を飲ませることに八重子が激しく反対していたことを聞いた。おマサは「余りにも若奥様が気の毒だ」と言って、このことを告げたのであった。久は聞いた時、心の中は煮えくり返るぐらい腹立たしかったが、外見は穏やかにしておマサに言った。

「おマサさん、心配してくれてありがとう。私は平気だよ。それより早くいい乳母が見つかるといいがね」

「若奥さんは本当に優しい心掛けだね」

二人がこんな会話をしている所に、産婆が久にお乳を頼みにきた。

「若奥さん、またお乳を頼みます」

久はムッとしたが、すぐに赤ん坊や産婆には罪はないと思い直して、いつものように機嫌よく「はい、すぐに行きます」と返事をした。それまで赤ん坊は八重子と同じ部屋に寝かしてあったが、その日は隣の部屋に寝かせてあった。久には、その理由はすぐにピンとわかったが、久はわざと産婆に「どうして今日はこの部屋でお乳をやるの？」と聞いてみた。産婆は、いかにも困ったような態度であったが、「大奥様に言われたから」とだけ言った。幸い八重子はまだ眠っていた。

その日の夕方、乳母が連れてこられた。彼女はまだ二十歳で久々子村の区長の娘であった。久と同じ早瀬村に嫁ぎ、一月に二人目の子供を出産したばかりであった。お乳はあり余るほど出たので、日に朝、昼、夜と三回も人力車の迎えを受けて、相場家にお乳をやりに来た。

八重子が出産した七日目には、京都の夫がやって来て、赤ん坊は「綾乃」と名付けられた。八重子は、産後の肥立ちが悪く、毎日寝たり起きたりの生活で、綾乃の世話は、殆ど母親のカネ子と綾乃専用に雇った子守りがした。

六月初旬の風薫り、緑も日毎に深まった頃、百日目の宮参りの日を迎えた。京都から八重子の夫がやって来て、カネ子は京都から送られた素晴らしい産着を肩から掛けて綾乃を抱き、八重子夫婦と子守りを連れて、近くの佐支神社にお参りをした。八重子の夫は、宮参りを終えたら八重子と綾乃を連れて一緒に京都に帰るつもりでいたが、八重子はどうしても体に自信がないと言って帰ろうとしなかった。

「いつまでも実家に甘えてばかりでは困る。私も長男だから世間体や立場がある。私の親も心配しているので、お義母さんからもよく説得してください」

と婿に言われたカネ子は、

「本当に八重子は弱いのでご迷惑をかけて申し訳ないです。一日も早く元気になって、そちらに帰らせます。両親に宜しく言ってください」

と平謝りに頭を下げた。八重子の夫は、綾乃に声を掛けてから帰ろうとしたが、綾乃は、見知らぬ人から急に声を掛けられたので「わっ」と泣き出した。夫はそそくさと京都に帰って行った。

八重子がひ弱だったので、義母のカネ子は「綾乃、綾乃」とまるで自分が母親のように世話をし、目に入れても痛くないほど可愛がっていた。それまでは「馨、馨」と言って馨をかまいすぎるので、久にとってはありがた迷惑であったが、その点では救われた。

八重子が京都の嫁ぎ先に帰ったのは、それから三ヵ月後の九月中旬であった。

祖母の死

八重子と綾乃が帰ってしまい、夫の定一郎も東京に行ってしまったので、家の中は、いっぺんに灯が消えたようになり、義母の関心はまた馨の方に向けられた。久は、以前のことがあるので、義母には絶対に逆らわないように気をつけていた。

九月下旬のある朝、久は大先生の清太郎に呼ばれた。久が診療室に行くと、すぐに中に呼び入れられた。

「久さん、実家の婆やんが、朝なかなか起きてこないので徳さんが様子を見に行ったら、手水《ちょうず》場《ば》で倒れていたそうだ。名前を呼んでも目をつむって返事がないと言っていた。あれは中気と言って、もう意識は戻らんかもしれん。早く婆やんの所に行ってやりなさい」

と心配そうな顔で久に言った。久はさっと顔色を変えたが、すぐに大先生に「先生、ありがとうございました。すぐに行かせて貰います」と礼をして、診療室を出た。

義母に外出の許可を得るために、義母の部屋に行った。ちょうど来客があって話し込んでいたので、久には目もくれず、

「行っておいで、馨は見ておくから」

とそっけない返事であった。久は子守りのおハルを呼んで馨のことについてこまごまとした注意をあたえ、洗濯物の残りはおマサに頼んで、すぐに出かけた。いつも馨は久の言うことをよく聞くのに、その日はなぜかどうしても久に付いて行くといって駄々をこねた。久は強く馨を叱って、着替えもしないですぐに実家に向かった。

「ごめんさ、婆やんのあんばいはどうかね？」

と玄関を入るなりハアハアと息を弾ませながら、継母の徳に尋ねた。祖母は中の間の布団の中に寝かされていた。

「婆やん、婆やん」と久が呼んでみたが、祖母は目も開けず返事もなく昏睡状態であった。久は夫に教えてもらっていたので、婆やんの手をとって脈を診た。脈はしっかりしてはっきりと触れることができた。時計がないので脈拍を数えることはできないが、そんなに速くなかった。呼吸も正常でまったく眠っているが如くであった。久はとっさの勘で、婆やんはまだ大丈夫だと思った。徳は、傍でそっと涙を拭きながら、久にその日の朝のいきさつを話した。

「今朝、婆やんがなかなか起きてこないので寝床に見に行ったら、婆やんはいなかった。急いで手水場に見に行ったら、うずくまるように倒れていた。すぐに職人の亀吉さを呼んできて、二人で寝床まで運んだ。ウンコとオシッコも出てしまっていたので、きれいに拭いて、おしめをしておいたが、どうだろうか？」

徳と久は二人で婆やんのおしめを開いてみたが、なんら失禁はしていなかった。

「おとっつぁん、兄やん、それに大津のキクにはすでに電報を打ったので、届き次第戻ってくると思う。婆やんがそれまで持ってくれればよいが……」

明治八年には三方郵便取扱所が郵便局に昇格し、この頃には、電報も打てるようになっていた。徳は、夫の不在中に急に義母が倒れ、重篤な状態に陥っているので、気も動転してどうしてよいかわからなかったが、久の上の弟の義三は十八歳、末の弟の孝平は十三歳になっていたので、家のことを手伝わせ、久には「婆やんの傍にいて、様子を見守って欲しい」と頼んだ。

久は祖母の枕元に座って、じっと祖母の顔を見守っていた。祖母はときどき、深い呼吸をするが、まるで気持ちよく眠っているが如くである。今にもパッと目を開いて「久ちゃん、久しぶりだね。なんでここにいるの？」と言いそうな気配であった。

久は祖母のおしめを換えてからだいぶ時間が経っているので、確かめた方がよいと思い、祖母の脚を開いておしめを外してみた。案の定、びしょびしょにぬれていたので取り替えようとしたが、左脚は無意識にピクピクと動かしているのに、右の脚はだらりとなってまったく動かなかった。右上肢も同じで、だらりとなっていた。久は以前夫から、「中気になると右か左かどちらかの上肢と下肢が動かなくなる」と聞いていた。祖母はもう時間の問題で、回復の見込みのないことを、改めて実感した。

久の脳裏には、幼い頃のことが走馬灯のように思い出されては、消えていった。小さい時から何かにつけて優しかった祖母。実母が亡くなってから、継母の徳が嫁に来てくれるまでは、自分たち兄弟姉妹の母代わりとして、身を粉にして一生懸命に育ててくれた。継母が来てからは、久のみが継母に反抗して祖母を困らせていたのに、いつもなだめて優しくしてくれた。久はそれらのことを思い出しては涙にくれた。

知らせを受けて、夕方には親戚の者が次々と駆けつけてきた。徳や久は親戚の者たちの応対にも忙しかったが、久はひそかに、大津に嫁いだ姉のキクもこちらに向かったと聞いていたので、今日姉に会えるかと心待ちに待っていた。しかし夕方までにはキクは着かず、馨のことも気になったので、久は弟の義三に久々子まで送ってもらって家に帰った。

夜の八時近くであったので、義父母は自分たちの部屋でくつろぎ、馨も傍で眠っていた。

「お義父さん、お義母さん、ただ今帰りました。馨を見ていただいて、ありがとうございました。婆やんは、まるで眠っているみたいですが、とうとう目を覚ましませんでした。右の上肢と下肢がだらりとなって動かせませんでした」

「そうか。おとっつぁんが帰ってくるまで持てばいいがなあ」

と清太郎は新聞を置いて久に向かって話した。義母は、久にねぎらいの言葉一つ掛けるでも

なく、

「馨はおとなしくしていたが、夕方になると久さんを探してむずかったよ。おハルがさっきまでずっと待っていてくれたが、ようやく寝てくれたので、ちょっと前に帰ったばかりだよ」

「ほんとにすみませんでした。できるだけ早く帰るようにしますので、明日も行かせていただきます」

義父は「行ってきなさい」と言ってくれたが、義母は返事をしなかった。


翌日、久は実家に行くことにして、馨を背負って義母に挨拶に行った。

「お義母さん、馨を連れて行ってきます。夜はできるだけ早く帰ってきますから」

「何も馨まで連れて行かなくてもいいのに」

「馨は私と離れたことがないので、夕方になると私を探して泣きますので、連れて行きます。それでは行かせていただきます」

と言ってさっさと家を出た。いつも子守りはおハルに任せているので、馨を久しぶりに背負った。初めはそんなに重く感じなかったが、背負って歩いていると「ズシッ」と重みを感じて馨の成長に改めて驚いた。飯切山の峠に登りきったところで馨を負ったまま一服しながら、「馨、お前は随分重くなったね」と声を掛けたが、馨は久の背中で、ただ嬉しそうにはしゃいでいた。

ようやく実家に着いたが、祖母は目を覚ますどころか、まだ昏々と眠り続けていた。昨夜十時ごろ、姉のキクが着いたと言って、キクが迎えてくれた。二人は手を取り合って再会を喜んだ。しかし、馨は人見知りをして、久以外の人にはいくら呼ばれても、騙しても行こうとしなかった。無理に離せば、大声を出して泣くので始末が悪かった。仕方なく久は、馨を連れてキクと庭に出て、木陰に座って話をした。

「久ちゃん、嫁に行った頃と比べたら、随分痩せたね。いろいろと苦労してるんだね」

「うん……。お義母さんも義姉妹たちも、随分きついでね。それに若先生は半年は東京に行ったきりだで。近頃は少しは要領もわかってきたが、初めは毎日が針のむしろに座っているような気がしていた」

「身分が違うということは、本当に苦労するね。久ちゃんは、望まれて嫁に貰われたんだから、もっと大事にしてくれればいいのに。でもかわいい馨がいるし、久ちゃんなら絶対にやり遂げられる。今に、きっと久ちゃん達夫婦の時代は来るからね」

とキクは、久の手を握って励ました。キクの方は、家の商売は繁盛し姑にも信頼され、優しい夫と二人の女の子に恵まれ、何不自由ない生活をしていた。慾をいえば、男の子がほしかったが、これればかりは神様からの授かり物でどうしようもなかった。

祖母ミネは、その後も三日三晩眠りつづけ、久は毎日馨を背負って祖母の看病に通った。キクも遠いので泊まりこみ、継母、キク、久の三人が交代で祖母を見守った。容態は同じようであったが、十日目の朝から高熱が出てきた。付き添っている者は、手拭いを水でしぼって、額に当て、ひっきりなしに手拭いを取り替えた。呼吸も次第に荒くなり数が増えてきた。久は脈を触ってみたが、それまでよりは速く、しかも微弱であったので、直感的にもうそんなに長くはもたないだろうと思った。

「お継母さん、おとっつぁんと兄ヤンはもう着く頃かね？」

「電報をすぐ見てくれていれば、もうそろそろ着く頃だと思うが」

「婆やんはもうそんなに長くもたないと思うで、間に合えばいいが……」

久は祈るような気持ちで言った。久はいよいよ祖母の臨終が近くなったと思い、その夜は、馨を寝かしつけて、久々子には帰らなかった。

東海道線は明治二十二年に全通したが、明治二十年当時は、まだ部分的にしか開通していなかった。銀蔵と又吉は酒田から仙台に出て、そこから列車に乗り上野に出た。上野から新橋まで歩き、新橋から東海道線で国府津まで列車に乗り、そこからは歩いて箱根の山越えをした。大府を通って関が原、長浜に達し、長浜から金ヵ崎まで列車に乗った。列車はここまでで、後は歩いたり馬車に乗ったりして、小浜を経て早瀬に着いたのは出発してから約二週間後であった。船に乗れば一直線に帰ることができるが、一ヵ月以上かかる。列車を利用し夜を日に継いで帰れば、約十四日位で帰ることができた。銀蔵と又吉は、ようやく夜の十時ごろ我が家に着いた。

「ただいま、今帰ったぞ」

と銀蔵は大声で帰ったことを告げた。すでに家族皆が婆やんの枕元に集まっていた。

「遅くなってすまなかった。婆やんの塩梅はどうだね？」

銀蔵は、玄関に迎えに出た徳に尋ねた。徳は黙って首を横に振った。銀蔵と又吉は旅装を解くのももどかしく、わらじを脱ぎ捨てて中の間に寝ている婆やんの所へ行った。その日ミネは、なかなか下がらなかった熱が急に下がって、呼吸も比較的安定していた。銀蔵はミネの枕元に行って、

「おっかさん、今帰ったよ。遅くなってすまないね。どんな塩梅だね？　目を開けておくれ」

と言って、ミネの顔を揺すってみた。すると不思議なことに、今まで一度も目を開けたことがなかったミネはパッと両の目を開けて、うつろな目で周りを見た。傍にいた者達は、皆驚き
「婆やんが気が付いた」と思って喜んだ。銀蔵と又吉は、ミネの手を握って、

「婆やん、おれと又吉だ、今帰ったばかりだ。わかるかね？」

と体を揺すってみたが、返事はない。だがミネは声のする方に視線を向けた。銀蔵は二、三度、同じように声をかけてみたがやはり反応はなかった。傍で徳は銀蔵に言った。

「婆やんはお前さんの帰るのを待ってたんだね。今までなかなか熱も下がらず、誰が呼んでも

一度も目を開けたことがなかった。よく亡くなる前にちょっとよくなるというが、このことかもしれないね」

「そうだのう」と銀蔵はがっくりと声を落として言った。ミネは三十分ぐらい目を開けていたが、その後、再び深い眠りに落ちた。二度と目を覚ますことはなかった。夜半から再び熱が出だした。

翌日の朝には、脈が微弱となり、呼吸も途切れがちになった。いよいよ臨終であった。急いで久の義父・相場先生が呼ばれ、死亡の確認をしてもらった。

こうしてミネは、明治二十年九月三十日、最愛の息子・銀蔵に死に水をとってもらい、家族みんなに看取られて、なんの苦痛もなく眠るが如くこの世を去った。

岡崎家では、十二年前に銀蔵の先妻シゲの葬式を出して以来の葬儀であった。実母の葬式の時、久は八歳で死というものを完全に理解できないで、祖母ミネに母はまた帰ってくると教えてもらったこと、禅の紐を持って姉のキクと二人で祖母の後に従ったこと、墓参りには、母の棺を埋めたところにお参りに行きたいとねだったことなどを、漠然と思い出していた。

その夜は通夜、翌日は葬式と、岡崎家は悲しみのうちに葬儀を終えた。久は馨をおハルや義母に預けて、手伝った。父の銀蔵は六人兄弟の長男で、姉と妹がいた。妹は浜といい、敦賀にある主として釣り客相手の旅館「浜屋」に嫁いでいた。この浜には、三人の娘があり、十一歳になる末娘豊子は色白でぽっちゃりしていて、とても愛くるしく人懐っこい娘であった。小さい時からどこに行くにも母親に付いて歩いた。早瀬の祭りの時には、浜はよく三人の娘を連れてきて一晩泊まっていった。

久は子供のころ、姉のキクと、この叔母の娘二人と四人で遊んだが、一番下の娘豊子の子守りをさせられた記憶があった。久の胸には、そんな遠い子供の頃の思い出がふっと蘇ってきたが、祖母の葬式に叔母の傍に座っていた少女は、紛れもなく豊子であった。暫く見ぬ間に豊子は大きくなって、まだ十一歳というあどけない少女なのに、久は何かしら嫌な予感を感じた。

帰り際に叔母は、

「久ちゃん、あんたはいいとこにお嫁に行って幸せだねえ。気を遣うことも多いしお医者様の若奥さんと言われても、なかなか大変だね。少し痩せたと思うけど頑張りや」

「叔母さん、忙しい所、婆やんの葬儀に来てもらってありがとう。叔母さんも気をつけてね」

と言って別れの挨拶をした。傍にいた豊子はつつましい笑みを久に返して、母親と一緒に帰って行った。姉のキクも三晩も家を留守にしているので、葬儀にだけ出席した夫と共に早々に帰って行った。葬儀が終わると親戚の弔問客や村人も潮が引くように一斉に帰って行った。

久は家が近かったので最後まで残った。久しぶりに会った父と継母の徳と暫く語りあった。銀蔵は、

「久、随分痩せたように見えるが、苦労が多いんだろうな。大丈夫かね」

久は暫く黙っていたが、

「おとっつぁん、心配かけてすまないね。私は、馨もいることだし、どんな苦労も辛抱できるから大丈夫だ。ただ、若先生には早く試験に合格して家に帰って欲しい。私が男だったら、一生懸命勉強していっぺんで試験に合格してみせるのに」

と誰も遠慮する人がないので、持ち前の負けん気をあらわにして言った。傍で徳が、

「久ちゃん、早くお帰り、馨も待っているだろうから。疲れているだろうから、人力車を呼んであげる」

久は徳が出してくれた夕食を大急ぎで食べて、人力車で帰った。家に着いたのは、午後八時過ぎであった。「ただいま」と声をかけたが誰も出てこなかった。久はそのまますぐに、一服していた両親の部屋に帰宅の挨拶に行った。

「ただいま帰りました。三日も家を空けて済みませんでした。馨の面倒を見ていただいてお義母さんには本当にありがとうございました」

と手をついてお礼を述べた。義父は、晩酌のお酒にすこし赤い顔をしていたが、

「久さんも大変だったな。早く下がって休みなさい」

といつも威厳のある顔をしている義父しか知らない久は、その優しい眼差しに驚いた。義母

はと言えば、久にねぎらいの言葉一つなく、いきなり言った。

「今日は馨が朝からお前を探してむずかり、いくらなだめても言うことを聞かないので、本当に困ったよ。食事も余り食べないで、よほどお前の所に行きたかったんだろう。先ほどから待ちくたびれて、おハルが騙して寝かせに行ったので、早く行ってやんなさい」

久は小さな声で「すみません」と言って急いで自分の部屋に入った。おハルは馨に添い寝しながら、小さな声で子守唄を歌っていた。久が襖を開けるとおハルは驚いて起き上がったが、久の姿をみて安堵した。声を押し殺して「若奥さん、お帰りなさい」と言った。

「今日は馨がむずかって大変だったそうだね」

「なんの、なんの、わしは子守りをするのが仕事だで」

久が、嫁いでから一度も夫や義母から小遣いを貰ったことがないと言ったので、徳は久に帰りがけにそっと小銭を手渡してくれていた。久はそれを懐にしまったことを思い出して、その中から少しおハルにそっと手渡した。おハルは「若奥さん、そんな心配しないでおくれ」となかなか受け取ろうとしなかったが、久は無理やりに手渡した。

おハルが部屋を出て行き、久はスヤスヤと眠っている馨の顔を見ていた。今日一日の悲しい永久の別れや、懐かしい人との再会や冷たい言葉など、みんな忘れてすぐにとろとろとまどろんでしまった。

幼い闘病十四日

翌日からは、平素と変わりない生活が続いた。馨も元気でヨチヨチ歩きをするので、目が離せなかった。義母のカネ子は、機嫌の良い時は馨をとても可愛がってくれ、外にも連れ出してくれたが、いくら可愛がっても、馨は久やおハルに対して甘えるようには甘えなかった。子供は、自分の母親が義母から嫌われているということを、本能的に知るのであろうか。まことに不思議なことである。

十一月中旬に祖母の忌明けの法事の日が来た。久は葬儀の時、義母に嫌みを言われたので、今回は馨を子守りのおハルと一緒に連れて行こうと思った。しかし義母はどうしても許さなかった。

「久さん、そんな大勢の人が集まる所に馨を連れて行って、もし風邪でもひいたらどうするの?」

と厳しい口調で叱った。久は仕方なく「すみません。馨は置いてゆきますので、よろしくお願いします」と小さな声で言って、足早に去った。こんな時、夫がいてくれたらどんなに心強

いかと久は思った。久が支度を整えて出かけようとしたとき、おハルが、

「若奥さん、坊ちゃまが奥様を呼んで泣かれます」

と困った顔で呼び止めた。久は仕方なく馨の所に行き宥めてみたが、なかなか泣き止まなかった。ようやく泣き止んだので、そっと出かけたが、なぜかこの時、胸騒ぎがした。

「おハル、馨をお願いね」

と頼んで玄関を出たが、後ろ髪を引かれる思いであった。

法事も無事に済んで、後片付けも手伝って久が家に帰ったのは午後八時過ぎであった。すぐに両親の所に帰宅のあいさつに行ったが、義父しかいなかった。義父は、

「お帰り、遅くまで大変だったね。今日は馨が機嫌が悪く、昼からは三十八度の高い熱が出て、咳もひどかった。どうも風邪をこじらせているようだ。今、薬を呑ませて体を冷やしている。早く行って看てやりなさい」

久は「お義父さん、いろいろとすみませんでした」とお辞儀をして、すぐに部屋に戻った。襖を開けると、馨は寝かされ、両側から義母とおハルが心配そうに見守っていた。

「お義母さん、ただいま。馨が高い熱を出してご心配をお掛けしました。今、お義父さんから聞きました」

カネ子はそれに対して何も答えなかった。暫くして、

「こんなに高い熱が出るとは思わなかったからなあ……」

とポツンと話した。

「お義母さん、後は私が馨を看ますから、どうか休んでください」と言うと、カネ子は「心配だが後は頼んだよ」と言って部屋を後にした。久は、ときどき咳をしているが、スヤスヤと眠っている馨の寝顔を見て、無性に涙がこぼれてきた。そして心の中で「馨、ごめんね。あんなにおっかさんと一緒に行きたがっていたのにね」と何度も謝った。

おハルに聞くと、久が出かけた後、馨が余りにもむずかるので、カネ子が馨をおぶってねんねこを着て外に出たという。小一時間ぐらいして帰ってきたが、昼過ぎから馨が発熱したのだという。おハルはおろおろしながら、

「若奥様、わしが坊ちゃまを家の中でおぶっていれば、風邪をひかなかっただろうに。若奥様、かんべんしておくれ」

としょげていた。久は、

「いいんだよ、お前の所為《せい》じゃあないんだから」

と言ったものの、義母に対する怒りがむらむらとこみ上げてきた。

馨は一旦熱は下がったものの、翌日はまた三十八度五分にも上がり、咳が多くぐったりして

いた。また熱さましや咳止めを貰って呑ませた。久は氷枕の氷を取り替えたり、額に載せた濡れ手ぬぐいをひっきりなしに取り替えてやった。また、小麦粉の中に少量の辛子を入れて練ったものを、布に伸ばして胸に貼ってやった。義母は、あたふたと久の所にやって来て、「久さん、東京の定一郎に馨の容態が悪いので、すぐ帰るように電報を打っておいたよ」

と言った。夫がいれば、どんなに心強いか知れないと思ったが、久が義母に断りなく勝手に電報を打つことはできなかったのだ。

その後、馨の容態は一進一退で、薬が効いている間は熱も少しは下がり咳や痰も少なかったが、またすぐに熱が上がり、馨はぐったりしていた。久は寝食を忘れて馨の看病に没頭した。子供のころ、継母徳が肺炎になって寝込んでいた時、祖母と姉の三人で毎朝、お堂に祈願した。久は結婚して久々子に来てから、ときどき近くの佐支神社に子授けのお参りをしていたらすぐに妊娠したので、その後、毎朝五時にはお礼参りをしていた。この時は、

「神様、どうか馨を病から救い、元気にしてください」

と必死に祈った。

電報を打ってから五日目に、あたふたと定一郎が帰ってきた。我が家に着くなり、馨の寝ている部屋に行き「馨、馨」と呼び起こした。そこには、久とおハル、そして女中のおマサが馨の小さな布団を囲んで心配げに見守っていた。久は、夫が帰ってきてくれて非常に嬉しかった

が、元気な馨に会わせることができず、夫に対して済まない気持ちでいっぱいであった。

「若先生、お帰りなさい。私が目が届かなかったばっかりに、馨がこんなことになってしまって、申し訳ありません」

「そんなことより馨の塩梅はどうか？」

「ええ、それが……」

久は黙ってうなだれ、首を横に振った。

定一郎はすぐに両親の所に行き、帰宅の挨拶ののち馨の容態を尋ねた。

「親父さん、お袋さん、ただいま帰りました。馨の塩梅はどうでしょうか？」

と聞けば、清太郎は渋い顔をして、

「うむ、どうもよくない。肺炎を起こしているで、万が一のことも覚悟しておいた方がよい」

と告げた。傍で聞いていたカネ子はその言葉を聞いて、

「可哀そうに……、あんなに元気だった子が」

とポロポロと涙をこぼした。清太郎はすぐに付け加えた。

「久にはまだ本当のことを言っておらんから、そのつもりでいなさい」

定一郎は「はい、わかりました」と言って、また馨のところに戻った。定一郎が戻った時には、おハルとおマサはいなくて、久一人が座っていた。馨は先ほど飲ませた薬がちょうど効い

てきたのか、熱も少し下がり咳も少なくなって、スヤスヤと眠っていた。

「久、お前はずっと看病して疲れているんだろう、いいから休みなさい」

「あんたさんこそ長旅で疲れておいでになるので、どうか今日は休んでください」

二人の間では、久は夫のことを「あんたさん」と呼んだ。おマサが来て、「若先生、お布団を敷いておきましたで休んでください」と襖の外で声をかけたので、定一郎は久にまかせて休むことにした。

翌日も病状の回復の兆しもなく、馨は熱と咳でぐったりしていた。それでも目を覚まして、定一郎が声をかけると、暫く父親の顔を見ていたが、急に泣き出して傍にいた久のところに行こうとした。しかし、もう自分で体を起こす力はなかった。今まで重湯や薬をぬるま湯に溶かしてしゃもじで与えてやると呑んでいたが、もう水さえも飲まなくなっていたのだ。久はとっさに哺乳瓶のことを思い出して、哺乳瓶に水を入れて口の所に持っていった。すると本能的に馨は瓶の乳首を吸ってくれた。

清太郎は、名古屋の大きな病院から、酸素ボンベと熱さましの注射薬を特別に手配してあったが、それがようやく届いた。久は、清太郎から「大風呂敷を数枚縫い合わせて蚊帳のようなものをつくるように」と言われた。久は大至急縫い、定一郎はそれを馨が寝ている上に吊ってくれた。清太郎は、酸素ボンベからゴムの管を引いていわゆる酸素テントを作った。さらに馨の臀部に熱さましの注射をした。馨はまだ痛みの刺激に対しては反応して、「痛い、痛い」と声を出して泣いた。哺乳瓶であたえる山羊の乳や薬も少しずつ呑み、便も少量ながら認められた。

家族全員の必死の看病の甲斐あって、馨は瀕死の状態から、いくらか快方に向かった。しかしよかったのは二日間だけだった。三日目からは、再び高熱を発し、意識もなくなった。名前を呼んだり顔を叩いたりして刺激を与えても、反応しなくなった。

そのまま幼い力もついに尽きて、馨はたった十四日間で天国に召されていった。明治二十年十一月三十日、午前八時、外は夜半からの小雪が積もりまだちらちらと舞い落ちる底冷えのする日であった。

暫し久は半狂乱のようになって、馨に取りすがって泣いた。義母のカネ子も馨の手を握って「ごめんね。ごめんね。ばあちゃんが風邪をひかせたばっかりに」と涙をながし、初めて心の呵責を吐いた。久は半狂乱になっていたとはいえ、義母のこの言葉を決して聞き逃しはしなかった。

翌十二月一日は通夜、二日が葬儀であった。村人たちは大勢来てくれたが、口々に「お孫さんを、若奥さんの実家の婆やんが連れて行ったんだ」と噂していた。実際、久もそうかもしれないと思った。だがあんなに自分を可愛がってくれた婆やんが、なぜ愛する馨を連れて行ったのか、どうしても納得いかなかった。

神社での願掛けも叶わず、久は何もかもが空しく無気力になってしまった。そんな毎日であったが、女中のおマサは何くれとなく細かいことにも気を遣ってくれた。夫も優しく気遣ってくれた。気の強い久は、自分たち夫婦の部屋に閉じこもって、じっと悲しんでいるのではなくて、むしろ体を動かし詰めに動かしていた方が少しでも馨を忘れることができるので、食事もろくに摂らずに働いた。

徳の激励

初七日の法事を済ませると、定一郎は心配して久に、

「久、食い物もろくに摂らずに、働きづめに働いているそうじゃあないか。そんなことをしていたら、また体をこわすよ。馨が急に逝ってしまって悲しい気持ちはわかるが、気持ちを切りかえねば、お前の体が持たん。この家では、ゆっくりもできんので、暫く実家に帰ってゆっくりするがいい。大先生やお袋には許しを得ているから、安心して帰っておいで。早速、明日の大先生の診療の手伝いが終わったら、私が連れて行ってあげよう」

と優しく抱きながら言った。

翌日、定一郎は早めに診療の手伝いを終え、久を実家に連れて行くことにした。生憎の大雪で、いつもなら人力車を頼むのだが、人力車では滑ってとても無理であった。二人は藁靴《わらぐつ》を履いて、フードの付いた防寒用のマントを着て連れ立って歩いて行った。

冬の夕暮れは暗くなるのが早い。定一郎は片手で提灯をかざし、もう一方の手で自分のマントで久をかばうようにしてゆっくり歩いてくれた。ちょうど、飯切山の峠にさしかかった時、

久は、

「あんたさん、ちょっと……」

と夫に声をかけた。

「どうした？」

「ほんのちょっとだけ、休みたくて……」

木陰にしゃがみこんだ久は、

「あんたさんのとこに嫁に来て、もう二年八ヵ月過ぎて、あんたさんに連れて来て貰うのは初めてだよ」

「そうか、いつも留守ばかりしていて、お前に苦労をかけて済まないね」

思い出せば二年八ヵ月前、久は花嫁衣裳を着て、希望に胸を膨らませてこの峠を越えた。そして今も、夫と二人、ここに立っている。嫁に行った時は、春の久々子湖は夕暮れでも青く光り、春の花々が一斉に咲いて久を歓迎してくれた。今、湖は暗い闇に包まれて黒々と見え、木々は白い綿帽子を被って寂しく揺れていた。あの時、こんな運命になると誰が予想し得たであろうか？

「久、風邪をひくといけないから、さあ、行こう」

実家の徳は、突然の久の帰宅に驚いた。徳は定一郎の話を聞いて、久が過労に陥るのは無理もないと思ったが、定一郎に対しては、「久がわがままで勝手なことをして申し訳ない」と丁重に謝った。

「いやいや、お義母さん、久をよろしく頼みます。一週間後にはまた迎えに来ます。僕も正月を過ぎても久が元気になるまで、ずっとこちらにいるつもりですから」

と言って帰って行った。遅い夕食を二人で食べながら、久は徳と膝を交えて語り合った。

「久ちゃん、元気を出してしっかり食べとくれ」

「おっかさん、ありがとう。でも、馨は私が殺したようなもんだで、胸のつかえがいつまでも取れないんだ。婆やんの法事の時、あんなに私に付いて行きたがったのに、私が無理に叱って置いて来たばっかりに……」

久はそう言って、涙をポロポロと流した。

「久ちゃん、もう済んだことを言っても始まらんよ。たとえ馨をお前がここへ連れてきたとしても、風邪をひいていたかもしれないよ」

二人の間に重い空気が流れた。暫くして徳は箸を置き、静かに話を切り出した。

「お前には、初めて話すのだが……」

と久の手をとって、話し始めた。

「私は、おとっつぁんの所に嫁に来る前、同じ村の漁師のとこに嫁いだ。結婚した相手の人も本当に優しくて、良い人だった。でもある日、夫は漁に出て、時化《しけ》に遭って行方不明になってしまった。そうして二ヵ月後に、敦賀の海で遺体で見つかった。その時私は、ちょうどヤヤ子を身ごもり、五ヵ月目だった。私は悲しみに暮れたが、ヤヤ子だけは、どうしても産もうと決心した。それに相手のおとっつぁんもおっかさんも、ヤヤ子が夫の身代わりだと思って、とても楽しみにしていたんだよ。私も、夫が急に亡くなって相当参っていたんだろうね。体には注意していたんだけど、九ヵ月目で早産してしまったんだ。ヤヤ子は生まれて三日目で死んでしまった。可愛いボンだった。その時の私は、夫がヤヤ子も連れて逝ってしまったと思い込み、夫を恨んだ。何度も死のうと思った。私は、なかなかショックから立ち直ることができなかった。それを見て、私の実のおとっつぁんが、可哀そうと思って、離縁して実家に引き取ってくれたんだよ。夫の実家は、弟夫婦が継ぐことになった。私のことを思えば、久ちゃんは立派な若先生がおいでだし、将来は二人で相場家を背負っていく立場にあるんだよ。馨を急に亡くした悲しい気持ちはわかるけど、まだまだこれから可愛い子供をたくさん授かる希望があるんだから」

と懇々と諭すように話してくれた。徳は、この時絶望の淵に陥ったことを思い出して、涙に咽んでいた。二人は手を取り合ってお互いに心を通わせた。

久は、この継母が父の所に嫁に来たとき、いかに失礼な態度をとり続けていたかと思うと、恥ずかしくなり、徳に詫びた。そして徳の心の優しさを知り、改めて久はこの継母を尊敬し、信頼する気持ちを強めたのであった。

第二子出産

久にとっては、祖母の死と最愛の息子馨の夭折という二重の悲しみのうちに、明治二十年は過ぎて新しい年を迎えた。定一郎は、久の気持ちが落ち着くまでゆっくりと家にとどまって父親の診療を手伝った。一日の診療の手伝いを終えると、久を相手に晩酌をし、夜の生活では殆ど毎晩のように久を求めた。「久、早くおいで」と先に布団に入って久を促した。

「早く馨のようないい子を産んでおくれ」

と優しく久を促し、激しく果てていった。久は、新婚の時のような姑や小姑の冷たい仕打ちにも大分慣れて、適当に対処する知恵を会得した。何よりも、夫が家にいてくれるだけで随分心強かった。

久は一日も早く子供が欲しかったので、毎朝五時に起きて、誰にも告げずにそっと近くの佐文神社に行って願掛けのお参りをしていた。

「どうか神様、早く元気な男の子をお授けください」

と一心不乱に祈ると、帰りは心が軽くなった。時には昨夜の夫の激しい愛撫を思い出して、そっとお腹を撫でてみたりした。夫が何ヵ月も東京に行ったきりで、二人で夫婦生活を楽しむことのなかった久にとっては、子供欲しさの一心で、喪中といえども夫の要求にもためらわず応じた。

明治二十一年の冬は異常に寒く、雪も多かった。二月が過ぎ、ようやく幾分日脚が長くなり、早春の気配を感ずるようになったお彼岸の頃、定一郎は幾分酒を飲んでいたが、久を抱き終えて言った。

「久、どうだ、身ごもったかね？」

久は暫く黙っていたが、

「実は、一月も二月も月のものがないんです。もし今月もなければ、ヤヤ子ができていると思う。毎朝、一生懸命に神様にお願いしているので、神様も願いを聞いてくれたのかもしれない」

「そうか、それはでかしたぞ。俺たちも殆ど毎晩、一生懸命励んだからな」

と定一郎は久を見て言った。久も、

「そうね……」

と恥ずかしそうに微笑んだ。

春の訪れの遅い北陸でも、四月の半ばとなれば、一段と春めいて春の花々が一斉に咲き出す。そんなある夜、定一郎は晩酌の後で、いつもならすぐ布団に入るのに、春の陽気に誘われて外に出てみた。

「久、一緒にちょっと外に出てみよう。今夜はそんなに寒くないし、お月さんがとてもきれいだから」

「私もそう思っていたんです」

久はいそいそと夫の後に従って外に出てみた。まだ寝るには少し早い時間なので、両親や書生の部屋からも灯りが漏れていた。二人は黙って、ゆっくりと庭を歩いていたが、定一郎が突然、「ちょっとあそこに座って月を見よう」と縁台を指さした。二人は並んで腰掛けた。定一郎は、「寒くないか?」と言って自分の着ていた羽織を脱いで久にかけた。

「おおきに。私は、ちっとも寒くないよ」

「お前は、ほんとに元気だね」

と言ったかと思うと、やおら久を抱き寄せて、唇を求めてきた。暫し二人は熱い抱擁を交わした。暫くして久は、もじもじしながら口を開いた。

「今月も月のものがないと思っていたら、今朝初めて、つわりのようなむかつきがあったの。間違いなくヤヤ子ができたと思うわ」

「そうか。久、でかしたぞ。明日はさっそく、おやじとお袋に報告しよう」

と夫の声がうれしそうに弾んだ。

「明日の朝、一番に神さんにお礼のお参りをして、それから、大先生とお義母さんに一緒に話しに行きたい。そして明日は、ちょっと実家にも報告に帰りたいし、産婆さんにも診てもらいたいがいいだろうか？」

「いいとも。おやじとお袋の許可が出れば、ゆっくりしてこい。明日は仕事が終われば、夕方早目に、俺が家まで送って行ってやるよ」

「おおきに」

久はうっすらとうれし涙を浮かべていた。久がちょうど三年前、花嫁衣裳を着て嫁いできた時も、今晩のように白木蓮が満開で、月の光に白く揺れて、そこはかとなく甘い香りが辺りに漂っていたことを思い出していた。久は、ちょうどあの時の感激を、今宵再び味わうことができた。

翌日の夕方、人力車二台で、前の車には定一郎が乗り、後ろには久が乗って早瀬の実家に帰った。急な久夫婦の来訪に、徳はびっくりした。徳は急いで定一郎を奥の客間に通して、銀蔵に告げた。

「お前さん、久が定一郎さんと一緒に来なさった。急に何事だろう？」

「それは珍しいのう」と銀蔵も慌てて奥の間に行った。

「お義父さん、ご無沙汰してますがお変わりありませんか」

「いやいや、こちらこそ。若先生も忙しいそうで大変だね。今日は何か急な用事でも?」

「久が身ごもったようで、つわりが始まりました」

「そりゃまあ!」

「それで早速ご両親に報告にあがりました。それで暫く、つわりが落ち着くまでこちらで、ゆっくりさせてやりたいと思っています。よろしくお願いします」

「そうか、それは目出度い。きっと馨の生まれ変わりを授かったに違いない」

その時、徳と久は茶を持って部屋に入ってきた。銀蔵は久に向かって、

「久、ヤヤ子ができたそうでよかったのう。きっと馨の生まれ変わりに違いないで」

久は少し恥ずかしげに顔を赤くしていたが、嬉しさを隠しきれないで、久の声は弾んでいた。

「おとっつぁん、おっかさん、ほんとにありがとう。私は、毎朝、元気なヤヤ子を授かるように神様に願掛けして祈った。こんなに早く神様が願を聞いてくださるとは思わなかったが、きっと馨の生まれ変わりを授けてくださったと思う」

その夜、定一郎は祝いの酒を銀蔵から頂いて、一杯機嫌で帰って行った。

翌日、久は産婆さんに診てもらった。妊娠三ヵ月で、産み月は奇しくも馨が亡くなったのと

同じ十一月の中旬とのことであった。

兄の又吉は前年三月に、同じ村の千歯扱き業者の親方である岩田伝右衛門の娘「と免」を嫁に貰い、庭の敷地内に立派な離れを建て増しして、若夫婦のみで生活していた。と免は久よりも三つ年下で、体格はがっちりして非常に元気であった。性格は従順というよりは、物事をはっきり言い、納得いかねば絶対に従わなかった。徳のような、「女性は子供の時は親に従い、嫁いでは夫に従い、老いては子に従う」という忍従ばかりの考えには批判的であった。それでも思いやりがあり、夫の又吉は、どちらかというとほっそりとした優男で、派手好きで浪費癖があったので、しっかり者のと免とは、ちょうどよい夫婦であった。

同じ若夫婦でも、久は夫が東京で医学生生活をしているので、親からかなりの学資金を援助してもらっているために、久には一銭の小遣いもなく、欲しいものも何一つ買えず、毎月二回の髪結い代も嫁入りの時に持ってきた自分の小遣いの中から支払っていた。表向きは医家の若奥さんとなっていても、実際の生活では女中と同じように働くばかりで、経済的には自由になるお金はまったくなかった。それに反し、又吉夫婦の場合、と免がしっかりと財布を握っていたので、自由に使えるお金をかなり持っていた。

久が最初の子を身ごもった時と違って、兄嫁という他人が入ってきていたので、久もいつまでも実家に甘えている訳にもいかなかった。馨の時ほどつわりがひどくなかったので、十日ほど実家にいただけで、夫に迎えに来てもらって久々子に帰った。

久々子に帰り、定一郎と久は早速両親に挨拶した。すかさずカネ子は、

「久さん、明日からは大先生と同じものを食べておくれ。これはあんたに食べて貰うのではなくて、お腹のヤヤ子に食べて貰うのだからね。それから仕事は今まで通りにやってもらうが、これからは便所掃除も久さんにやってもらいます。便所掃除をきちんとやってると、きれいなヤヤ子が生まれるからね」

とぴしゃりと言った。


夫は、四月、遅い春の訪れと共に九月の受験の準備のため上京してしまった。久は、義母や義妹のつれない仕打ちや女中おツネの意地悪にも、おマサが陰になり日向になって助けてくれるので、耐えることができた。ただ元気なヤヤ子を産むことだけを考えて、一生懸命に働き、栄養豊かなものを食べるようにした。二度目の妊娠のため、つわりも比較的に軽く、ヤヤ子も順調に大きくなった。

産み月の十一月半ばには、書生一人とおマサに付き添ってもらって実家に帰った。生来元気な久は、二度目のお産は軽く、待望の男子を出産した。丸々と太り、産婆が「若奥さん、元気なボンだよ」と言ってくれた時はうれし涙が止まらなかった。

一週間ほどで床上げをし、七日目の「おひちや」には、相場清太郎夫妻、親戚一同、隣近所の者を招いて祝いの膳を開いた。その席で、義父の清太郎は、診察時の厳粛な顔とは思えないほど相好を崩して、末席に子供を抱いて座っていた久に向かって、

「久さん。男の子を生んでくれてほんとに嬉しい。ありがとう。これで息子が医者の免許がおりて帰ってくれていたら言うことはない。子供の名前は博とつけます」

と出席者一同に披露した。

清太郎は、福井の片田舎にいても常に中央の政治にも関心を持っていたので、長男に馨とつけたように、次男には博とつけた。明治十八年には日本で初めて内閣制度が制定され、内閣総理大臣には伊藤博文公が就任した。清太郎はこの伊藤博文公を崇拝し、男の子が生まれたら、その一字を貰って「博」と命名したいと思っていたのであった。

狐憑き

定一郎は、「男子誕生」の電報を受け取っていたが、正月には帰省するため、逸る心を抑えて出産時には帰らなかった。師走の二十五日には、久々子に帰るや否や期待に胸を膨らませて、早瀬に久とヤヤ子を迎えに出向いた。その時、久は奥で博にお乳を飲ませていたので、夫の声には気が付かなかった。徳が急いで玄関に出て、定一郎を見てびっくりした。定一郎を久の所に案内すると、冬の陽射しがたっぷり差しこむ明るい部屋で、久は博にお乳を含ませていた。

久は、一瞬びっくりしたが、定一郎の顔を見るや、

「お帰りなさい、あんたのお帰りをヤヤ子と二人で今か今かと待っていました」

と言って、定一郎の手を強く握りしめた。

「俺も同じ思いだったよ。博は丸々として元気そうだね」

「お乳はよく飲むし、とても元気だよ。生まれてちょうど一ヵ月になるので、顔立ちも頚も大分しっかりしてきたでしょう。髪も黒くて濃いでしょう」

「うんうん、目鼻立ちは馨の時もそうだったが、お前によく似ているなあ」

「いやあ、顔の形は相場家に似ていると思うがね」

「いずれにしても、元気なボンでよかった。本当に博は馨の生まれ変わりだね」

翌日、二人は人力車で帰った。定一郎は博をおくるみに包んでしっかりと抱いて、前の人力車に乗り、久はその後ろの人力車に乗った。

久はうれし涙をそっと拭いながら、差し伸べてきた徳の手を握り返した。徳も涙ぐみながら、

「久ちゃん、元気でな。ヤヤ子がもう少し大きくなったら、連れてきて見せておくれ。楽しみにして待っとるよ」

久にはこの継母の声がいつまでも耳に残って離れなかった。

相場家では、両親始め使用人一同が、定一郎夫婦の帰りを待っていた。その夜は久しぶりに夫婦二人でゆっくりと夜を過ごすことができた。この時、久は心に誓った。

「そうだ、明日からは佐支神社に元気なボンを授かったお礼参りと、夫の医術開業試験の合格祈願の願掛けをしよう」

久は万一自分の留守に博が目を覚まして泣き出したら困るので、夫に頼んだ。

「あんた、明日の朝五時に起きて、神さんにお礼参りに行ってくるので、博が目を覚まして泣き出したら、この乳を飲ませておくれ」

と自分の乳を搾って哺乳瓶に入れ、乳が冷めないように炬燵布団の中に入れておいた。

「なにもそんなに朝早くから行かんでも、昼間の明るい時に行けばいいのに」

「でも、おマサさんは忙しいし」

「お袋に頼めばいいのに」

「ええ、でも……」

久は、馨のこともあるので、義母にだけは預けたくなかったし、それに家のものにも願掛けのことは、余り知られたくなかった。久は生来頑固な性格を持っていたので、誰が何と言おうと、一旦決心すると絶対にその決心を曲げなかった。この時から久の佐支神社での願掛け参りが始まったのである。佐支神社は、道からすぐ上に数段の石段があって、入り口には、左右対称に石灯籠があった。

一ヵ月位が過ぎたある日の朝、女中頭のおツネは偶然に久が勝手口から出て行くところを見た。その日はそのままにしていたが、次の日もその次の日も毎朝久が同じ時刻に出て行くのを観察した。

そこでおツネは、そっと久の後をつけて行った。佐支神社までは、急いで歩いても片道十分、お参りの時間が十分、家に帰るまでに合計三十分はかかる。久はなるべく早く済ましたいと思って、小走りで歩くので、おツネは後を付いてゆくのに息切れがした。それに一月と言えば、凍るように寒く、外はまだ真っ暗であった。おツネは石灯籠の陰に隠れて見ていてびっくりした。久は拍手を二つ打って、頭を垂れ必死にお祈りしているようであった。お祈りが終わると、久はまた走るようにして家まで帰った。おツネは、とても久の後をつけて帰る元気がなかったので、ゆっくりと後から帰ったのである。

おツネはこの事態を知って「若奥さんには、狐が憑《つ》いていてその狐の導きでこんなに朝早くからお宮さんにお参りに行っている」と思い込んでしまった。おツネは、早速大奥様に報告せねばならないと思った。おツネはカネ子のところに行き、

「大奥様、若奥さんには狐が憑いている」と久が願掛け参りをしていることを、さも狐が憑いているように大仰に話した。

「それでは明日の朝、書生の春生に確かめさせよう」とカネ子は言ったが、心は穏やかではなかった。翌朝、久の願掛けを目撃した春生は、「別に狐が憑いているようにも思えなかった」とカネ子に報告した。しかしカネ子はどちらかと言うと、おツネの話の方を信じていたので、久と話をするのも気味悪がっていた。おツネは根も葉もない話を使用人の間に吹聴した。その内容は、

「若奥様には狐が憑いていて、この間、台所に置いてあった油揚げが減っていた」

「若奥様が、夜、博坊ちゃまにお乳を飲ましておいでの時、障子に狐の尻尾が映っていた」

「若奥様は夜になると、ときどき尻尾を出しなさる」

などと、どんどん話は大きくなっていった。使用人の噂を小耳に挟んだカネ子は、

「このままにしておいたら大変なことになる。早速夫に話して久に注意しよう」

と思った。

その夜、定一郎と久は、呼び出された。清太郎は口を真一文字に結び、カネ子は眉間に皺を寄せて、苛々しながら座っていた。定一郎と久が座るや否や、カネ子が口を切った。

「久さん、あんたこの頃、朝五時ごろ、お宮さんにお参りしているそうだね、あんたには、狐が憑いているので気味が悪いと皆が言っとるがほんとかね？」

久は誰も知らないと思っていただけに、びっくりして返す言葉もなかった。

夫の定一郎は久に代わって、声を荒らげていった。

「母さん、久はおととし馨が亡くなって、非常に気落ちしていた時に、どうか馨に代わって一日も早く元気な男の子を授かるように神さんに願掛けをしていたんだよ。この度、やっと願いが叶って、早速博を授かった。そこでお礼参りと、博が元気に育つように、願掛けをしてくれているんだ。ちゃんと僕には断ってから、行っている。狐が憑いているなんて、とんでもない」

カネ子は納得したようで、

「それならそうと、私にも一言、言ってくれればいいのに……。もし博が目を覚まして泣き出

したらどうするつもりだね？」

と叱りつけるような口調で言った。

「久は毎朝出かける前に、乳を搾って哺乳瓶に入れ、冷めないように布団に入れて用意してくれている。万が一、博が目を覚まして泣けば、僕がそれを飲ませるから、安心して行って来いと言ってある」

久は、二人の会話の間、ただ黙ってうつむいていた。その時、清太郎が初めて口を開いた。

「久、お前は本当に良くやっとる。しっかり者だ。私が見込んだ通りの嫁だ。大方、誰かが根も葉もない噂を流しているのだろう。明日は厳重に皆の者に注意しておく。定一郎、誰がそんな出鱈目な噂を流したか調べて、厳重に注意しておきなさい」

久は一度も顔を上げることなく、

「お義父さん、お義母さん、ご迷惑をかけてすいませんでした」

とだけ言って、深々と礼をしてそのまま自分たちの部屋に戻った。久は夫が自分を親身にかばってくれたことが嬉しかった。新婚当時、毎日針のむしろの上にいるような気持ちで過ごしていた時、夫が心配して新婚旅行に連れ出してくれたことを思い出していた。

翌日、朝食の時、清太郎は皆の前で、威厳を正して言った。

「嫁の久に狐が憑いているなどという噂を流した者がいるが、そんなことは絶対にない。久は朝早く、お宮さんにお礼参りと願掛け参りをしているだけである。今後このような出鱈目な噂をする者がいれば、即座に辞めてもらうからそのつもりでいるように」

狐憑き騒ぎは、この清太郎の一声で収まった。

村の噂

ようやく春めいてきた四月上旬、定一郎は、九月に行われる医術開業試験（前期）を受けるべく、春風に誘われるように上京した。相場医療所は定一郎がいなくなった上に患者が増えてきたので、書生一人、医療所で下働きをする女一人、飯炊き女一人、その上博には泊まり込みの子守りを雇った。久には一切相談なく、カネ子が一人で決めたことである。久には義母の魂胆は見えていた。

久は博がせめて一歳になるまでは自分で子育てをしたいと思っていたが、「子守りが付けば博を自分の方に手なずけることができ、久には家の中の雑用や、行儀見習い、茶の湯など仕込まねばならない」と思ったに違いない。子守りのおヨシは、久々子村の漁師の娘で、年は十四歳、横顔がどことなく久に似て、気立てのとても優しい娘であった。久にとって幸いだったことは、夫がいなくなっても博をおヨシに頼んで安心して願掛け参りができることであった。

この年は、定一郎はお盆にも帰省せず、九月の試験の準備に没頭した。博は、ヨチヨチ歩きができるようになり、片言ながら短い言葉が言えるようになった。誕生日には、皆で祝いの膳を囲むことになっていたが、その日の昼前に電報が届いた。夫からのものだったが、宛名は「清太郎」になっていた。久はすぐにカネ子のところに持っていった。

「お義母さん、電報です」と久が差し出すと、カネ子は面倒くさそうに「どこからだね」と言った。「東京の若先生からです」と言うとカネ子は一瞬びくっとした。また金の無心ではないかと心配したのである。

電報を読み終わった途端、カネ子は嬉しそうに、にこにこして、

「久さん、定一郎が試験に合格したって！　正月には帰ると言ってきたよ」

「お義母さん、ほんとに良かった！」

カネ子と久は手を取り合って喜んだ。早速ご利益があったのだ。ほんとに神様はよく願いを聞いてくださる」と思ったが、決してカネ子には口に出して言わなかった。久は小さい時から、祖母の影響もあって信心深かったが、博誕生と夫の試験合格のことがあって、一層神様を信じるようになった。この時久は、「毎朝お宮さんに願掛けをしているので、

定一郎は明治二十二年の暮れ、意気揚々と帰ってきた。両親に挨拶をして、久の待つ部屋に入った途端、博が見たこともない男の人を見て、ワアワアと泣き出した。久は、

「お帰りなさい、疲れたでしょう。試験に通ってほんとに良かったですね。博、お父さんです

よ」

博を父親の方に向けようとすると、久に必死にしがみついてどうにもならなかった。

その夜、定一郎と久は長い間の空白を埋めるように激しく求め合った。久は早速寝物語に、夫の試験合格について毎朝お宮さんに願掛けしていることを話した。

「そうか、お前はよくやってくれているなあ。俺は安心していられるよ」

「あんた、後期試験も早く合格してこちらに帰っておくれ」

「うん、是非合格せねばならんのう」

定一郎は、明けて明治二十三年、正月七日を過ぎると、三月の後期試験のため東京に戻って行った。

やがて季節は移り変わり、春が過ぎて五月になっても、定一郎からは何の音沙汰もなかった。堪りかねたカネ子が電報を打つと、五日後に定一郎から手紙が届いた。

「まことに残念だが、この度の後期試験は、落ちてしまった。また来年の春を目指して頑張るつもりでいる。ついては、生活費や月謝など金を少し送って欲しい。久には、元気でいるから安心するように言ってください」

久はこのことを夜になって義母から聞かされた時は、全身から力が抜け落ちるような気がした。しかし「そうだ、お宮さんに来年こそはきっと合格できるようにお願いしよう。今までもずっと願いを聞いてくださったので今度も絶対大丈夫」と思い直した。

義妹の武子は、もう二十二歳になっていたが、何度かあった縁談を断っているうちに婚期を逸してしまった。この春、小浜藩士の末裔に当たり、小浜で開業している医師との縁談があり見合いをしたが、先方から「思ったより肥えていて背丈が高すぎる」というだけで、一方的に断ってきた。実際武子は女としては大柄であったが、肥満というほどのこともなかったのである。

そのことがあって以来、カネ子も武子も不機嫌で、使用人たちはまるで腫れ物にでも触るようにしていた。二人は嫁の久にも、何事につけても当たり散らしていた。カネ子は、相場家の親戚や、訪ねてくる人のだれかれとなく久の悪口を言った。

「嫁の久は礼儀作法をまったく知らない、田舎育ち丸出しでこちらが恥ずかしい」

「茶の湯を教えてもなかなか覚えない」

「掃除をさせれば早いが荒っぽくて、細かい所までやっていない」

「よく昼寝をしている」

「料理は下手で味付けはとても辛い。あれは田舎料理だ」

等々。相場家では、カネ子と娘の武子のもとには月に三回、十日毎に髪結いがやって来て、カネ子は島田、武子は桃割れに結って貰っていた。久は嫁いで来てから、カネ子の指図で月に二回、カネ子親娘とは違う日に島田を結って貰っていた。

髪結いのフミは三十五歳、働き盛りで如才なかった。たとえ、心では「そんなに久の悪口ばかり言わないでも、もっと良い面も見てあげればいいのに」と思っても、決してそれを口に出して言わないで、カネ子の言うことを「もっとも」と言わんばかりに聞いてあげていた。そのため、カネ子の大のお気に入りであった。

フミが久の髪を結う時には、カネ子の言動について決して何も言わなかった。それどころか、

「若奥さんはよく働きなさる」

「この格式高い家でよく辛抱なさっている」

「早瀬の学校では頭が良くていつも一番だったそうだね」

「若奥さんの髪は黒々として、たくさんあるので、島田を結ってもとてもきれいに見える」

「ボンが大きくなったら、お医者さんになって後を継いでもらうので楽しみだね」

などと、いつも久を励ましていた。久にとってフミは唯一の情報源であり、フミに髪を結って貰うのが楽しみであった。しかし、フミも家に帰ればカネ子の話を家の者に話すので、話に尾ひれが付いて、結局、村中に拡がっていった。だが村の中でも、若い嫁さんたちは久に同情する者も多かった。

「相場先生の所の大奥さんは、自分の娘ばかり可愛がって、若奥さんには辛く当たるそうな」

「若奥さんはよう辛抱なさる。ボンが生まれたので、どんな辛いことでも辛抱できると思うよ」

と同情しあった。

涙ながらの身の上話

久の願掛けも空しく、定一郎は医術開業試験の後期試験に合格せず、早《はや》三年が経った。定一郎は盆と正月にだけ帰省し、盆には約一ヵ月、正月には一週間程家にいてすぐ東京に行ってしまった。

明治八年に医術開業試験制度が布告され、九年に長谷川泰は本郷元町に開業医養成機関「済生学舎」を開校した。

済生学舎の学科は前・後期に分かれ、前期は四月から九月、後期は十月から三月であった。一学期毎に必須科目が講義され、その間、顕微鏡検査、黴菌学実習、屍体的外科手術などの実習が三ヵ月間、組まれていた。三ヵ年で卒業であるが実際には医術開業試験に合格した時が卒業であって、優秀で勤勉な者は一年でも合格するが、何年かかっても卒業できない者もたくさんいた。当時、済生学舎には多い時で生徒が三千人もいた。その頃の学生風俗を描いた坪内逍遥の『当世書生気質』には、吉原に泊まり込んで試験勉強する学生のことが出てくるが、済生学舎の学生にも湯島や吉原に発展する遊蕩児がかなりいた。これらの学生は、娼婦を相手に情死するような三面記事の種を蒔いて、一時は吉原の心中と言えば、記事を読まぬうちから「相手の男は済生学舎生であろう」と頷かれた程であった。

定一郎は明治二十三年頃までは時には大酒を飲んだりしたが、比較的真面目に学校の講義にも出ていた。

しかし明治二十五年の暮れに、同じ済生学舎の友達に誘われて初めて吉原に足を運んだ。初めはほんの遊びで、月に一度ぐらい通っていたが、ある時、お凛《りん》という遊女にあった。歳は二十四歳、四年前から働いているという。うりざね顔で目は切れ長、鼻筋が通りその容姿は気品に満ちていた。久は若さでピチピチとはち切れんばかりの頑丈な体つきであったのに対して、お凛はほっそりとした柳腰の女性であった。

定一郎はお凛に初めて逢った時から、何か惹かれるものを感じた。二度目に逢った時には、彼女が詩歌や書をよくし、なかなか教養があることに驚いた。二人は急速に親密になり、お互いの身の上話をしあった。

お凛の父親は会津の上級藩士で、戊辰戦争の折、父と二人の兄が討ち死にしていた。父は身重の母を何とか生かしたいと思い、母に向かって、

「お前は何としても生き延びて子供を生んで立派に育ててくれ。お前を道連れにするのは忍びない。足軽の重兵衛にお前を逃れさせるように頼んであるから、一緒に行きなさい」

と頼んだ。母は重兵衛の親戚宅でお凛を産み、村の寺子屋の先生をして書道や裁縫など教えながら細々と暮らして彼女を育てた。四～五年前から、母が体調を崩し寝たり起きたりの生活となった。寺子屋は学校となり、資格のないものは教鞭を執ることもできなくなり、東京に出て、恥を忍んでこの世界に入ったのだという。母親にはずっと逢っていないが毎月仕送りをしているという。

定一郎は、そんなお凛の涙ながらの身の上話を聞き、お凛を一層愛おしく思った。世が世ならお姫様として何不自由なく暮らせるのにと思うと、同情心も募った。お凛の方も、初めは「兄さん」と慕っていたが、次第に二人は抜き差しならぬ男女の深みにはまってしまった。

定一郎は、吉原のお凛の所に入りびたりで、済生学舎にはときどき講義を聴きに出るのみであった。

死を覚悟、いっそこの子と

明治二十一年十一月に博が生まれ、明治二十二年の秋、前期試験に合格してからなかなか後期試験に合格できず、早《はや》三年の月日が流れ、明治二十六年の暮れを迎えた。この三年間、久は夫が一日も早く後期医術開業試験に合格して久々子に戻ってくれることをひたすら祈りながら、姑との確執にもじっと耐えた。

暮れの三十日、夕刻に定一郎は久々子に帰ってきた。三十日の夕刻には大方の使用人は帰省してしまうので、残っているのは女中のおツネ、おマサ、子守のおヨシだけであった。カネ子は朝から台所に立って、おツネを相手に散らし寿司や茶碗蒸し、鯛の造りや煮つけなどご馳走を作っていた。

その夜、定一郎は久々に父と酒を酌み交わし、東京の様子を話していた。やがて食事も終わり、久夫婦は博を連れて自分たちの部屋に下がった。

「博も良く肥えて元気そうだな。久、お前も元気でいるか。少し痩せたかな?」

「博はとても元気でいるので嬉しい。でも私は、あんた様が来年こそは、試験に合格して帰ってきて欲しい。私は、今もずっと神様に合格を祈って願掛けをしています。神様も今までは、すぐに願いを聞いてくださったのに、今度はもう三年にもなるが、未だに願いを聞いてくださらない。私はもうこれ以上耐えられません。これ以上耐えられません」

久は「これ以上耐えられません」という最後の言葉を小さな声で言ったので、定一郎にはよく聞き取れなかった。

「久、すまんのう。お前はしっかり者だから俺はすっかりお前に任せて安心していた。これからは、試験に合格するように頑張るから」

久がいくら「お前のお父さんだよ」と定一郎のことを言い聞かせても、本気にしないで久のひざでぐずっていた博も、いつしか寝込んでしまい、夫婦二人だけになった。久しぶりに逢った若夫婦である。お互いに激しく求め合うのが普通であるが、久はなぜか夫に対して虚しさを覚え、夫まかせでその気になれなかった。

明けて明治二十七年元旦、外は凍てつくように冷えこんだが、空は晴れわたっていた。定一郎は久と博を連れて、毎朝久が願掛けをしている佐支神社に初詣でに出かけた。久はどんなに近い所でさえ、夫と子供三人水入らずで、外に出かけることがとても嬉しかった。正月とあって、村人も大勢初詣でに来ていた。「若先生、若奥様、おめでとうございます」と口々に声をかけられ、久はとても幸せな気分になった。

「あんた、今年の後期試験には絶対に合格して、一日も早く久々子に帰って来てくださいね。私はそのことばかりを祈っています」

と久が言えば、定一郎は「うん」とだけ、気のない返事をした。

定一郎は母親から「ちょっと話があるから、二日の夜遅く、久が眠った頃を見計らって来るように」と言われていた。久は朝が早いので、夜十時には眠りについていた。清太郎は晩酌を少し嗜んだだけで、遅れて配達される新聞を読んでいた。カネ子は「もう来るか」と待っていたちょうどその時、襖の向こうに定一郎の足音を聞いた。定一郎は父親の前に座り、一礼して「お父さん、お母さん、何の用でしょうか?」と尋ねた。清太郎が新聞を下ろして、口を開いた。

「お前、最近母さんに何度も、体調が悪いから金を送れと言っているそうだが、見たところ元気そうじゃないか。本当に体の具合が悪いのかね?」

「……」

「母さんは、少しも私には言わないので、この度、初めて知ったんだ。もう一年以上にもなるそうだね」

「……」

定一郎はまだ黙っていた。清太郎は苛立って、徐々に声を荒らげた。

「はっきり言いなさい。何も言えないところをみると、大方女がいるのだろう。何年も合格できないのも、ろくに勉強しないで女のところに入り浸っているからであろう」

定一郎はずっとうな垂れていたが、頭を上げ真剣な顔で父親に訴えた。

「お父さん、お母さん、ほんとにすいません。実は、そうなんです。吉原にいるお凛という遊女とねんごろになっています」

定一郎はお凛の身の上を一気に両親に説明し、「器量も気立てもいい女なので、いずれ別れるつもりはあるのだが、今暫くはその気になれない」と言った。すると平素温厚な清太郎は、顔を真っ赤にして、

「ばか者！　今すぐに女とは別れなさい！」

と一喝した。傍にいたカネ子はオロオロしながら、

「あんた、夜中だからそんなに大声を出さなくとも定一郎はわかっていますよ」

と窘《たしな》めた。

「もし別れないなら、お前を勘当する。お前は早く医者になってわしの後を継ぎ、久や博を守っていかねばならない重大な責任があるのだぞ。そこをわきまえないで、商売女にのめりこんでいるとは何事か。久に対して申し開きができるか」

定一郎は、

「久はしっかり者だから、俺は家のことは安心して任せていた。確かに久に甘え過ぎていた。大変申し訳ないことをした」

とうなだれたままで言った。

その頃、久はふと目が覚め、横で寝ているはずの夫がいないのに気付いた。初めは厠に行ったのかもしれないと暫く待っていたが、なかなか帰ってこない。心配になって、家の外にある厠に真っ暗のなかを見に行った。しかし夫の姿はなかった。「どこに行ったんだろう」と不安に駆られながら厠から帰ってくるとき、義父母の部屋から灯りが漏れていることに気付いた。近寄ってみると、部屋の中から話し声がもれてきた。

何を話しているのか、聞き取れなかったが、確かに義父母と夫の声であった。久は話を盗み聞きしようとして障子の外で佇んでいた。だんだんと義父の声が大きくなったと思った途端、「ばか者！　今すぐに女とは別れなさい！」という義父の罵声をはっきりと聞いた。

久は、途端に頭の中が真っ白になってその場に佇んでしまった。「大声を出さなくとも」という義母の声もした。久はハッと我に返り、慌てて自分の部屋に戻った。幸い博はスヤスヤと眠っていたので、久は博が寝ている布団にもぐり込んだ。

「夫がなかなか医術開業試験に合格しないのは、東京に女ができて、勉強しないで遊んでばかりの生活をしているからだ。夫にはとても優しいところがあるので、きっと商売女に騙されているに違いない……」

久は直感的にそう思った。

「それならば、私はこの先、この家で辛い思いを我慢して生きていく自信はない。いっそのこと、死んでしまった方がましである。そうだ、明日は湖にでも飛び込んで死んでしまおう。でも、もし私が今死んだら、博がどんなに寂しがるであろう！　また相場家や夫の顔に泥を塗ることになる。いや、もう相場家のことはどうでもいい。八歳の時に実母と死に別れた時の寂しさは今でも忘れることができない。博はどうしても私が守ってやらねばならない。しかし私はもう生きていく自信がない。どうしたらいいか、わからない」

あれこれと自問自答していたが、「そうだ、博と一緒に死ねばいいんだ」と思った。それからは、博と一緒に死ぬことばかり考えて、とめどなく溢れる涙を抑えることができず、その夜は一睡もできなかった。定一郎は、その後一時間ほど経って、部屋に戻ってきたが、そのまま布団に入って寝てしまった。

翌朝、夫も義父母も何事もなかったように振る舞っていたし、久も腫れぼったい目を少しでも隠すために珍しく化粧して、いつものように働いていた。四日に正月明けで風邪も流行っていたので、医療所は患者が多くてごった返していた。定一郎は朝から晩まで父親の診療の手伝いをしていたので、夜になってようやく久は夫と二人になれた。

「久、僕は試験の準備があるから、明日東京に行く。早く一緒に寝よう」

定一郎の言葉に、久は返事をしなかった。

「早くこっちにおいで」

定一郎は先に布団に入り、少し声を大きくして久を呼んだ。久は小さな声で、

「私は体の調子が悪いので、遠慮させてもらいます」

とだけ言って、さっさと博の蒲団にもぐり込んでしまった。定一郎は久の様子がいつもと違うことに気が付いたが、特に気にも留めずそのまま眠ってしまった。

定一郎は、翌早朝に東京に発って行った。久は挨拶以外、殆ど家の者とも口をきかなくなった。顔色は青ざめ、目は虚ろであった。あれだけ働き者の久が、部屋に閉じこもり、書きものをしたり、身の回りのものを整理していた。食事も余り食べないので、女中のおマサが心配して、食べ物をそっと久の所に運んでくれたが、久は殆ど食べなかった。久が部屋に閉じこもっているので、博も何か異変を感じたのであろう、久から離れようとしなかった。子守りのおヨシがいくら騙して博を連れ出そうとしても、またカネ子が「美味しい羊羹をあげるからおいで」と言っても、カネ子の所に行こうとしなかった。

カネ子は久に向かって「あんたが部屋にばかりいるから、博が真似をするんだ」と言って久

を罵った。久にはもう義母の言うことなど、どうでもよかった。夫、自分の両親、義父母への三通の遺書もしたため終え、荷物もある程度整理できた。

一月十日は戎講《えびすこう》で男衆が夜遅くまで酒を飲んでいることがあるので、久は一月十二日の夜に決行しようと心に決めた。

その夜。二、三日前から降り続いた雪は止み、星が瞬き、月は煌々と夜空に冴え渡っていた。外は風一つないが、凍てつくような寒さであった。夜十時過ぎ、久は眠っている博を起こし、寝間着の上から綿入れの着物を着せ、頭には防寒用の頭巾を被せ、分厚い靴下を履かせた。久は博を背負い子守袢纏を着て、少しでも体が浮いてこないように、前もって用意していた小石を三個ずつ両袖に入れた。博は眠いところを急に起こされて、暫くぐずっていたが、久の背中で程なく寝入ってしまった。

台所に誰もいないことを確かめて、そっと勝手口から外に出た。数珠と提灯を手に持って出たが、月が雪道を照らし、提灯はいらないくらい明るかった。久はまず、毎朝願掛けをしている佐支神社に別れの挨拶に行った。いつものように拍手を打って、頭を深く垂れて心の中で詫びを言った。

「永年私は、夫が医術開業試験に合格することを祈願してお祈りしてきましたが、夫にほかの女ができたことがわかりました。もうこれ以上、相場家で辛抱して生きていくことはできません。博を連れて死の旅に出ることをお許しください」

そう告げると溢れる涙を抑えながら、無我夢中で歩いた。どこをどう歩いたのか久はまったく覚えていないが、ふと気が付くと、久々子と早瀬の境にある飯切山の麓で最も久々子湖に近い道端に立っていた。雪道を少し逸れると久々子湖の淵に出た。湖は満天の星と月明かりに黒々と光り、今にも引きずり込まれそうであった。

久は暫くそこにしゃがんで湖を眺めていたが、湖面に幼い頃に死に別れた実母の顔を見た。

「久ちゃん、早くお出で」

確かにそれは実母の声であった。背中の博はスヤスヤと眠っていた。久は「今だ」と思い、履いてきた藁沓を脱いだ途端に、ツルッと滑って思い切り尻餅をついてしまった。その時、背中の博が目を覚まし、火がついたように泣き出した。

「おっかちゃん、寒いよう、怖いよう。早くお家に帰ろうよ」

と手足をバタバタさせて、必死で泣き叫んだ。久は「よしよし」となだめてみたが、余りにも暴れるのでどうすることもできない。背中から降ろし、子守袢纏に包んで抱きしめた。博の額に手をやると非常に熱く、汗ばんでおり息遣いが荒かった。

その時また「久ちゃん」と遠くで呼ぶ声がしたかと思うと、湖面に実母の姿が見え、「早く家に帰って博を寝かせてやりなさい」と言う母の声を聞いた。久はこの時「ハッ」と我に返った。

「そうだ。馨が肺の病で死んだ時も、初めはこんな風であった。博を道連れに死のうなんて、私はなんて馬鹿なことをしたんだろう。博、ごめんね。本当にごめんね。おっかさんが、馬鹿だった！　さあ早くお家に帰ろうね」

と博に話しかけながら、再び博を背負って、一目散に家路についた。久は帰るとすぐに博に熱さましを飲ませた。それからは、博の額に置いた冷たい手拭いを何度も替えながら、朝までまんじりともしなかった。

翌朝、博は嘘のように熱が下がり、元気になった。久はほっと胸を撫で下ろした。しかし食欲も殆どなく、女中達とも話もせず、体がだるくて動くのが億劫で部屋に閉じこもった。夜はどうしても眠れず、あれこれと物事を悪く考えてしまった。女中のおマサや子守りのおヨシが食べ物を部屋に運んだり、博を外に連れ出して遊ぼうとしたが、博も久にピッタリとくっ付いて離れなかった。久は一週間もすると顔色は、透き通るように青白く、体はいっぺんに痩せ細ってしまった。

女中達が心配しているのをよそに、カネ子は「うちの嫁はわがままで困ったものだ」と言って、優しい見舞いの言葉など一度も掛けなかった。「あんな母親がいれば、子供まで駄目にしてしまう」と使用人達の前で、聞こえよがしにこぼしていた。

里帰りしても

やがて小正月（一月十五日）が近づいてきた。女中達の噂では義父の清太郎は、この休診を利用して東京に行ったらしい。その理由については、久には一言も知らされていなかったが久は「多分、夫の女性関係の後始末に行ったのだろう」と思った。久は体がだるくて何をする元気もないので、思い切って義母に里帰りを願い出た。

「お義母さん、私は最近体の調子が悪いので、里に帰って少し養生したいのですが」

カネ子は久がろくに働きもしないで部屋にとじこもっているのが目障りで久を追い出したいと思っていたので、これ幸いと、急に猫なで声で久に向かって言った。

「そうだね。家に帰って治るまでゆっくりと養生するがいい。でもね、博は絶対に連れて行ってはいけないよ。置いて行きなさい」

と語気を荒らげて言った。

翌日、久は子守りのおヨシを呼んでこまごまと博のことを頼んだ。おヨシは話を聞いてびっくりした。

「若奥様は博坊っちゃんを置いて帰られるのですか？」

「ええ、連れて行くことは、お義母さんがどうしても許してくださらないので」

「わかりました。若奥様、安心して養生してください。私が一生懸命お世話をさせて頂きますから」

と明るく久を励ますように言った。

その夜、八時過ぎ、久は博が寝静まったのを見届けて、書生の春生に伴われて、そっと裏口から家を出た。実家に着いたのはもう十時前であった。銀蔵夫婦はこれから寝ようとしていた所であったが、久の突然の帰宅にびっくりした。書生の春生は熱い茶を一杯飲んだだけで「もう遅いので」と言って、すぐに帰って行った。

久は家に上がると同時に、徳に縋って泣いた。徳は驚いて、

「久ちゃん、こんなに夜遅くどうしたのかね？　博もいないし、すっかり痩せてしまって！」

久はひとしきり泣き終わると、ようやく気を取り戻して、これまでのことをかいつまんで話し始めた。

「私は相場家では、嫁としてでなくて、まるで女中と同じ扱いしかしてもらえず、定一郎は東京に女の人ができて勉強しないのでなかなか試験に合格しませんでした。そのため私は相場家で耐え忍んで生きてゆく望みをなくして、博と二人で湖に飛び込んで死のうと思いました。で

も飛び込もうとした時、背中に負ぶっていた博が激しく抵抗して泣き出して思いとどまったのです」

徳は、久の背中をまるで子供をあやすように撫でながら、涙ながらに聞いていた。

「そうかい。もう我慢できなかったんだねえ……」

銀蔵は渋い顔をして腕組みをしたまま久の訴えを聞いていたが、

「できない辛抱をするのが、お前の立場というもんだ。若先生だって一時の浮気に過ぎん。それを気にして博までも道連れにして死のうなんて、もってのほかだ」

と叱った。

久はじっとうなだれていた。銀蔵は、

「いずれ大先生や奥様も年をとられたら、お前たち夫婦の時代になる。お前たち二人で村の衆が頼りにしている医療所を守っていかなければならんのだ。そこを良くわきまえなさい。お前は気の強いところがあるので、いかん。まあいい、明日わしは大先生に詫びに行って来るから、お前は暫く家で養生しなさい。徳、久に粥でも作って食わせてやれ」

「おとっつぁん、大先生は今東京に出られて留守だよ」

「そうか、それなら大奥様に会って来る」

と言って寝間に行ってしまった。徳は残りの飯から粥を作って梅干を添えて、久に食べるように勧めた。あれ程食べたくなかったのに、徳の作ってくれた粥と梅干を見たら、急に食欲が湧いてきた。久が粥に箸をつけている間、傍で徳はなだめるように久に言った。

「久ちゃん、女は男にはわからん苦労が一杯あるでね。私には、お前の気持ちも良くわかるけど、おとっつぁんの言う通りだよ。今は辛抱が一番大事だよ。何といってもお前は博のおっかさんだから、博を立派に育てねばならんでね。死のうなんて絶対に思わないでね」

翌朝、銀蔵は小正月に搗いた餅を重箱にいれ、手土産に持って相場家を訪れた。対応に出た女中頭のおツネは驚いて、「ちょっとお待ちください」と言って奥に入っていった。暫くすると戻ってきて銀蔵を座敷に案内した。三十分以上待っていたが、ようやくカネ子が部屋に入ってきた。銀蔵は丁寧にお辞儀をして言った。

「これはこれは大奥様、ご無沙汰しております。今日は突然に伺ってすいません。久が勝手なことをしておりますので、一言お詫びに参りました」

「お詫びと言われても、久さんはもともと嫁としての自覚がなく、礼儀や作法もまったく知らない。田舎もんの嫁にはほんとに困っています」

とカネ子は、銀蔵を待たせたことの詫びなどまったく言わず、身分の違いをあからさまにして、目下の人に言うようなものの言い方であった。銀蔵は、

「帰ったら、久にはよく言って聞かせます。つまらん物ですが、正月の餅を搗きましたので、食べておくんなさい」

と持ってきた重箱を差し出した。カネ子は重ねて、

「一家の嫁がご飯も食べんと部屋にばかり閉じこもっていては、博のしつけにも悪いし、女中達に対しても恥ずかしいでね」

挙句の果ては、歩き方がぞんざいだとか、茶の湯をなかなか覚えないとか、夫の清太郎がいないのを幸いに、立て板に水の如く久を非難した。銀蔵はただ黙って聞いているしかなかったが、ほうほうの体で相場家を辞した。

帰りの道すがら、「久も気が強いが、あの大奥さんも相当なもんだ。久が気の病になるのも、無理はないな」と直感的に思った。しかしこのことは、自分一人の胸にしまって誰にも言わなかった。

久は実家に帰ってからは、安心したためか、不思議に食欲も出て美味しく食べることができた。ただ、あれほどじっとしていることが嫌いでよく働いた久が、ボーッとして、何か考え込んでいる様子だった。徳は心配して久に声を掛けた。

「久ちゃん、今は、博のことを思ってもどうにもならないんだよ、それには、早くお前が元気

になって、博のところに帰ってやるしかないんだよ」

久は黙って頷くだけであった。久は、実家に帰っている時も毎朝、「堂さん」にお参りをした。「どうか、夫が今年三月の後期試験に必ず合格しますように。そして一日も早く久々子に帰って来ますように」と必死に祈った。


久の体調は順調に回復したが、博のことが気になり、二月の初めには父銀蔵に伴われて、相場家に帰った。

前回の時と異なり、清太郎もいたので久親娘は、丁寧な扱いを受けた。座敷に通され、女中頭のおツネが茶と菓子を持ってきた。おツネは、普段の久に対する態度とは逆に、如何にも優しそうに「まあ、若奥様、お元気そうで本当によかった。博坊ちゃんも待っておられますよ」と声をかけて部屋から出て行った。程なくして清太郎とカネ子が入って来た。

「待たせて済まなんだ」と、まず清太郎が銀蔵に詫びた。銀蔵は恐縮して両手をついて、

「この度は、久が勝手なことで申し訳ありませんでした。久も大分元気になりましたので、本日連れて来ました。博の面倒もみて頂き、ありがとうございました」

清太郎も、いつもと違ってへりくだって言葉を続けた。

「なんの、詫びなきゃあならないのはこっちの方だ。久さんにもえらい心配をかけたのう」

と久の方を見た。

「家の馬鹿息子が吉原の女とネンゴロになって、勉強もろくにしないで、試験にもなかなか合格しなかった。先日、わしは東京に行って、相手の女と話をつけ、息子とはきっぱりと別れさせて、会津の実家に帰すことにした。その女は、元会津の上級藩士の娘で、戊辰戦争の折、父親と二人の兄は戦死。身重だった母親は辛うじて使用人の田舎に逃れて娘を産んだが、病弱で暮らし向きも悪くなり、娘は吉原に身売りするまでになってしまったらしい。可哀そうだが、これも時代の流れで仕方あるまい。息子は久さんが嫌いになったわけではない。その娘が余りにも可哀そうで、つい同情が高じてしまったようだ。久さんや博には申し訳ないと言って非常に反省しておった。これからは、きっぱりと別れて勉強に打ち込み試験も受けると言っていたので、どうか許してやっておくれ」

とさも困ったような顔をして久に目線を落とした。久は黙って俯いて聞いていたが、心の中で「やはりそうであったのか」と思った。久が何も言わないので、銀蔵は慌てて続けた。

「うちの久の方こそ、勝手を言って済まんことでした」

以前からカネ子は内心、久がこの家を出て行ってくれたら定一郎には身分の高い家柄から嫁を貰い直したいと思っていた。そこで初めてカネ子が口を開いた。

「久さん、あんたもうちの嫁ならば、もっと嫁らしく振る舞ってもらわねば困りますよ」

と厭味たらしく言った。久は「すみません」と謝るほかはなかった。

その後も、カネ子と久との感情のもつれは、表面上は穏やかでも元に戻ることはなかった。カネ子は久の一挙手一投足が気に入らず、使用人達の前でも平気で小言を言った。そんなことに慣れた久であったが、我慢ならないのが博の育て方やしつけのことであった。寒い時は何枚も下着を着せ、その上に分厚い綿入れ袢纏を着せて、まるで達磨《だるま》のようにした。余りにもコロコロになって動きづらそうなので、久が脱がせておくと、カネ子がまた着せる。たまりかねて、

「お義母さん、ちょっと着せ過ぎではないでしょうか」と言うと、

「子供も育てたことがないのに。風邪をひかせたらどうするつもりだね」

「でも子供は、薄着の方が丈夫に育つと言いますよね」

久が反発すると、

「馬鹿なことを言いなさんな。私はちゃんと男の子を立派に育てたのだから」

そんなことがあると、カネ子はその後三日ぐらいは、久に対して口も利かなかった。カネ子は博が物心のついた頃から、のべつ博に菓子を与えて、博の関心を自分の方に向けていた。いつでもねだれば菓子が貰えると思った博は、久にねだったり、拗ねたりすることを覚えてしまった。久はおやつを与えるのは一日一回、午後三時頃と決めていたので、いくら博がねだっても与えなかった。するとカネ子の所に行ってはおやつを貰っていた。

万事がこんな調子であり、子育てさえもカネ子の言う通りにせねばならないことに対して、久は非常に腹立たしくなり、夫のいないこの家で嫁としてカネ子と一緒に暮らしていくことは絶望的だと感じてきた。

久は、毎朝佐支神社に願掛けのお参りに行くのをずっと続けていて、初めの頃は、「どうか夫が今年三月の試験に合格して、一日も早く久々子に帰って来てくれますように」と一心に祈ったが、いつの頃からか久自身もはっきり覚えていないのだが、「どうか夫がこの三月の試験に合格しますように。もし合格しなかったら、私はこの家を出ます、博は可哀そうだがもう我慢できません」と心に誓うようになった。

離婚――神様に嘘をつくことはできない

やがて、春の訪れの遅い北陸路にも、四月を迎えると、春の花が一斉に咲きだした。ちょうど九年前の四月、久が嫁いできた婚礼の夜も今夜のように大きな白木蓮の花が一杯に咲き、辺りにほんのりと何ともいえぬ良い香りが漂っていた。

久は博が寝てしまうと、一人庭に出て白木蓮の花を眺めながら物思いに耽った。婚礼の時は、期待と不安で一杯の気持ちで、この家の門をくぐったが、その九年後にこの家を出るか否かで悩んでいる自分を誰が想像し得たであろうか。

久は毎日、東京からの定一郎の便りを今日か明日かと待ち望んでいた。花の季節もいつしか過ぎ去り、若葉も日増しに緑を増してきた五月のある夜、久は義父母に呼ばれた。久が部屋の中に入ると、義父母は正座して待っていた。まず清太郎が口を切った。

「今日、定一郎から手紙が来た、試験は残念だが、駄目だったそうだ。準備期間も二ヵ月だけだったので、無理もあるまい。来年こそは、一年かけてじっくり勉強して必ず試験に合格するから待っていて欲しいとのことだ。お前にも宜しく伝えてくれと書いてあった」

義父は声を落として、さも残念そうに久に告げた。義父から、夫の手紙の内容を聞いた途端、久は頭のなかが真っ白になった。久は悲しみの涙さえも出ず、黙って俯いていた。すかさずカネ子が追いかけるように言った。

「久さん、またご飯も食べないで、半病人のようになっても困るので、実家に帰りたかったら帰っていいんですよ。但し、博は絶対に置いて行きなさい」

久は「失礼します」と言って、飛び出すように部屋を出た。

それからの久は、どこをどう歩いたかまったく覚えていなかったが、ふと気が付くと、この前、身を投げて死のうと思った久々子湖畔に来ていた。その時、「久、久」と遠く誰かの呼ぶ声を聞いた。久は黒く光った湖面を眺めながら「誰だろう?」とそっと耳を凝らした。そうだ、その声は前と同じように、八歳の時に死に別れた実母の声であった。

久は思わず「おっかさん」と声を出して呼んだ。実母は、

「久、こっちへ来てはいけない！　早く博のところに帰ってやりなさい」

と命じていた。久はその時、ハッと我に返った。急いで博の所に帰った。

その夜、久はまんじりともせず、あれこれと考えた。勝気な久は、夫のいないこの家でこれ以上、姑との確執に耐えていくことはどうしてもできなかった。その一方で、七歳の幼い博を

置いて家を出るのは、余りにも哀しかった。感情と母性の狭間に立ってさんざん思い悩んだ。久は夫の長年の試験不合格の原因が女性問題であることも嘆いたが、不思議にそのことは許せても、離縁まで決意させたのは、姑の耐え難い冷たい仕打ちの方であった。この義母に対して、すさまじいまでに怨みを抱くようになり、いつか必ず復讐してやろうと思うようになっていた。

「私は何一つ自由のないこの家で、女中同然の扱いを受け、しかも博のしつけに至っては、まったく自分が口をはさむ余地はなかった。私はこの家を出て、おとっつぁんと一緒に千歯扱きの行商に出て、自分の道を歩いた方がよっぽど自由がある。そうだ。私には明日があるのだ。私が家を出れば、夫は勿論、相場家の両親や実家の両親の顔に泥を塗ることになり、私も一生出戻り女のレッテルを貼られ、世間に対して非常に肩身の狭い思いをせねばならない。でも、それは仕方がない。覚悟の上である……」

しかし、傍で何の屈託もなくスヤスヤと眠っている博を見ると、またも決心が鈍ってしまった。久は心を鬼にして、義父母、夫宛と子守りのおヨシ宛に置手紙を書いた。

「私が相場家に嫁いで九年の間、至らぬ私をここまでお導きくださいまして、本当にありがとうございました。私は、この九年間、定一郎先生が医術開業試験に合格して、一日も早く久々子に帰って来てくださることを祈って、神様にお参りをして来ました。お陰で、前期試験には合格されましたが、後期試験はなかなか合格されません。もし今年も不合格でしたら、私はこの相場家を去るとまで決心して、必死で願掛けをしました。大変残念な結果になってしまいましたが、私は絶対に神様にだけは嘘をつくことはできません。何卒、何卒私の勝手な振る舞いをお許しください。博については、私はもう母親の資格はありません。くれぐれもよろしくお願いします。皆々様のご健康をお祈りします」

ここまで書いた久は、あとは涙に咽ぶばかりであった。久が相場家を去ろうと決心した本当の理由は、姑と嫁の壮絶なる確執であって、「神様に嘘をつくことができない」というのは、あくまでも表向きの口実に過ぎなかった。

翌朝、まだ誰も起きだしていないほの暗い時間に、久はそっと置手紙を博が寝ている布団の下に忍ばせて、家を出た。博は良く眠っていたが、後ろ髪を引かれる思いであった。

「博、ごめんね、お母さんを許して！」

と心に念じて一気に家を出た。庭には、嫁入りの時、期待と不安に胸を膨らませて眺めた白木蓮の大木が満開に花を咲かせていたが、今は早《はや》盛りを過ぎて散りかけていた花がいとも悲しげに久を見送った。

博が目を覚ますと、久を探して大騒ぎとなった。おヨシが布団の下から久の置手紙を見つけて慌ててカネ子に渡した。久の置手紙を読んで、相場家の使用人達は大変だと思っているのに、カネ子は「私の思う通りになった、定一郎には帰ってきたら、もっと身分の高い所から嫁を貰えばよい」と心の中で一人ほくそ笑んでいた。カネ子はすぐに清太郎に伝えたが、「捨て置きなさい！」と一喝された。カネ子は使用人を集めて、事の成り行きを話し、「博には、久は海に落ちて死んだことにしなさい」と言い含めた。

一方、久の実家では、死人のような青白い顔をして入ってきた久を見て、銀蔵夫婦は驚いた。久のただならぬ様子に大方の察しはついた。銀蔵は顔をしかめて言った。

「女の道は一本道であって、引き返すことは生涯の恥である。まして幼な子を置いて来るとは、畜生にも劣ることだ！　犬畜生でも子供はきちんと育てるものだ！」

と激しく久を叱りつけた。しかし銀蔵夫婦は、久の性格を良く知り、時には大胆な行動に出る久を、これ以上説得することはしなかった。銀蔵は、

「お前はもう博の親でもなければ、博はお前の子でもないぞ。それでもよいか？　二度と博に逢うことはできないぞ」

と確かめた。久はただ黙ってうなずくのみであった。

銀蔵夫婦は早速、仲人の村長に話した。村長は驚き、久に思い止まるように話をしたが、久の決意は固く、変わることはなかった。こうして久々子村の村長である仲人を通して正式に離婚が成立した。久は二十七歳にして、自ら相場家から離縁したのである。

「久ちゃんは久々子のお医者さんの家を追い出されたそうな」

「いや、久ちゃんが自分から家を出たそうな」

等と、噂は忽ち村中に広がった。千歯扱き組合の組合長をしていた銀蔵も久も、噂の矢面に立ったが、じっと我慢するしかなかった。

程なく久の嫁入り道具が送り返されて来た。その中には久が持って行った箪笥はあったものの、カネ子が買った総桐の箪笥はなかった。また嫁入りの時に作った着物は派手になったのでおヨシやおマサに貰ってもらうように手紙に書いておいたので、荷物の中にはなかった。

当時村には、一旦離縁した者は子供に会うことは勿論、その土地を踏むことさえも許されないという不文律があった。久は毎晩のように、博の夢を見てうなされたり、悲しい夢を見て、自分の涙で目が覚めることもしばしばあった。親の権利を自ら放棄してしまったという久の心の傷は、その後長く癒えることはなかった。

銀蔵は憔悴しきった久を見て、久の気分を転換するために一日も早く行商に連れて行こうと決心した。

再婚

その頃、銀蔵は千歯扱きの販路を鹿児島に求めていた。早瀬から小浜、敦賀を経て米原まで出て、そこから東海道線に乗り大阪に出る。大阪からは、海路を蒸気船で鹿児島港まで乗った。鹿児島港のすぐ近くに鹿児島中央駅があり、駅前にある「満木屋」という旅籠を常宿として、そこから鹿児島一帯を目指して販売して歩いた。

早瀬から鹿児島に行くまでには、少なくとも五日か六日を要したという。銀蔵は、村の三夫婦とその子供二人と久を入れて十人組の親方として、販売にあたった。この組の中に、中西クメという久より十歳年下の娘がいた。気立ての良い子で相場家にいたおヨシによく似ていて、すぐに久と仲良しになった。

久はまるで「水を得た魚」の如く元気になり、てきぱきと仕事をこなし、販路も久が入ってから倍近くになった。こんな久の姿を見て銀蔵は、相場家で虐げられて小さくなって生活するより、この娘は商才に長けているので、たとえ幼い子供を残して離縁したとしても、これで正解であったと思った。

明治二十八年の五月に入り、その年の行商の旅支度に余念なく忙しくしていた久の所へ、クメがやって来た。

「久おばさん、久々子の医療所の若先生は試験に合格して東京から戻ってこられ、大先生と一緒に患者さんを診ておられるそうだよ。大先生と同じように口に髭を生やして、とても立派になっておいでだそうよ。優しく診てくださるので、患者さんが大勢行かれるそうよ。来月には、嫁さんを貰われるとのことだよ」

と屈託なく久に少しでも早く情報を伝えようと思ってやって来たのであった。久は「そうか」と気のない返事をしたが、それ以上は何も言わなかった。久も村人の噂で、定一郎が東京から帰って来られたことは薄々知っていたが、再婚することは初めてクメから聞いた。久の内心は複雑であった。

「もう一年辛抱したら、定一郎先生と一緒に過ごすことができたかもしれない。何よりも博に可哀そうな思いをさせずに済んだのに……。いやいや、私があの家を出たからこそ、定一郎先生は発奮して勉強され、試験に合格されたのだ、私がそのままあの家にいたら、いつまで待たねばならなかったか、わかりゃあしない。私はもう後戻りはできない。いいお嫁さんが来て、定一郎先生や博の幸せを陰から祈る他ないんだ」

と自問自答し、無理にでも自分を納得させた。

クメは、久が押し黙っているので、悪いことを言ってしまったと後悔した。

明治二十七年、二十八年と二年間、みっちりと行商の修業を積んだ久は、もうすっかり慣れていた。銀蔵はこれなら女親方もできると思っていた。明治二十八年の暮れ、久は両親に呼ばれた。

「久、お前にいい再婚の話があるのだが」

と銀蔵が口を切った。久は再婚などまったく考えておらず、まして自分は出戻りの身であり、置いてきた博に対しても呵責《かしゃく》の念で一杯であった。久は即座に答えた。

「おとっつぁん、私はもう二度と嫁入りはしないと決めている。どうかこのままおとっつぁんとおっかさんの傍で、千歯扱きの商いをさせておくれ」

と頼んだ。銀蔵はやさしく言った。

「久、お前の気持ちは良くわかる。けれども、わしもいつまでも生きられる訳ではないでのう。わしがいなくなれば、お前は兄夫婦に世話にならねばいかん。お前もそうなれば肩身が狭かろう。そこでわしの目の黒いうちに、お前に財産分けをして、隣に分家を建ててやろうと思っている。せっかく分家しても、お前が養子をとらねば、お前一代で終わってしまう。ちょうど願ってもないことに、うちへ息子を養子にやりたいと言っておいでる人があるのだよ。お前はまだ若いから、そのうちヤヤ子を授かるだろう。相手は隣村、日向《ひるが》の組合長の息子さんだ。年は二十三で、お前より五歳年下だが初婚で、百姓や魚とりは余り好きではないが、本を読むことが好きだそうな。お前は出戻りで年も五つ上なので、ひけ目を感じるかもしれないが、こんないい話はなかなかないぞ。よう考えてみるがいい」

傍で徳が口を添えた。

「久ちゃん、お前は離縁してまだ日が浅く、特に幼い博を置いてきたので再婚など考えられないと思うだろうが、今度は養子を取る方だから、今までのような姑さんとの折り合いなどまったくない。お前の自由になるのだよ。一人でいるということは、年をとってくれば、本当に寂しいものだよ。年下ではあるが、相手の家柄もいいし、ちょうど我が家とも釣り合っている。一度会ってみてはどうかの？」

久は到底再婚など考える気にもならなかったが、両親の温かい言葉を思うと、少しずつ考えが変わってきた。父親も六十三歳になり、いずれ近いうちに隠居し、やがていつかは亡くなる。その時、兄夫婦にお世話になるのも確かに肩身が狭い。今のうちに分家して一軒家を建てて貰い、養子に来てくれる人と一緒に新しい家庭を築いていくのも悪くない、と思うようになった。そうして久は、初めての結婚の時のようなときめきはなく、一抹の不安と呵責はあったものの、見合いをしてみることにした。

銀蔵は、早速副区長に仲人を頼み、翌年正月三日に見合いを行った。当時の風習では、見合いをするということだけで結婚が決まったのも同然で、よほどのことがない限り破談になることはなかった。久の見合い相手は永井慎吾といい、二十四歳であるがまだどことなく少年の面影を残し、顔は細面で色白、目は一重瞼できりっとし、田舎には珍しくほっそりした青年であった。八人兄弟姉妹の四男で、末っ子であり、父親が会長をしている漁業組合で働いていた。

久は派手な赤色を抑えたえんじ色に白い花模様をあしらった着物に、黒色の帯を締めていた。男性は皆、紋付袴のいでたちであった。久は茶を出した時、チラッと相手の永井青年を見たが、端整な顔を真っすぐ前に向けていた。見合いの席で、銀蔵は何度も「うちの娘は、出戻りで五つも年上だが、しっかりして働き者だ」と慎吾に伝えていた。慎吾は、何と答えたらよいか返事に困り、「はっ、はっ」と答えていたが、父親は、

「とんでもない。うちの息子こそ何もできないで、岡崎さんに養子に貰ってもらえれば、わし等夫婦も安心でき、こんな嬉しいことはない」

と恐縮しきって言った。

久は、その夜、久しぶりに心が躍った。定一郎のような威厳はないが、どこかまだ少年っぽさを残す優しそうで端整な永井慎吾の顔を思い出していた。一方慎吾は、久のピチピチとした

健康的な容姿に年齢差をまったく感ぜず、好感を持った。

こうして婚約は成立した。銀蔵は一年をかけて分家を建て、その間久は、父親と共に行商に出た。

そして明治三十年弥生三月、久と慎吾はめでたく祝言を挙げた。慎吾二十五歳、久三十歳の春であった。

女親方

慎吾と久は岡崎家の敷地の一部に分家を建てて貰い、新婚生活が始まった。銀蔵もちょうど六十五歳になり、久に財産分けを済まし、家督を長男に譲り隠居することにした。長男夫婦が本家に入り、銀蔵夫婦は離れに移った。銀蔵は、隠居はしたものの、体の方は元気であったので、今までと同じように鹿児島に行商に出た。長男の又吉は岐阜、東北、佐渡方面へ行商に出た。

久たち夫婦は、水入らずの甘い新婚生活に浸り、久は夫を「慎吾さ」と呼び、慎吾は久を「久ちゃ」と呼び合った。相場家に嫁いだ時は、義父母、小姑、大勢の使用人の中で何一つ自由もなく、朝から晩まで働き通しで、夫と話ができるのは夜だけという生活であったのに反し、誰に遠慮することもなく自由であった。慎吾は結婚後も漁業組合に勤め、久は家計を全部握っていた。久はなんでもてきぱきと行動に移してゆくが、夫は温厚であるが反面おっとりしていた。

久は、定一郎によく寝物語に興味を持っていた医療のことを聞いた。聞いたことを、翌日は忘れないように手帳に書き留めておいた。こうして勉強することがとても楽しみであった。しかし慎吾との夜の生活は、慎吾は若いだけに激しく久を求めて、果てた後はすぐにグウグウといつも朝まで眠ってしまった。久は、寝物語に何か話をしようとしても、慎吾の話は、夢のような小説のことばかりで、久はまったく興味がなく物足りなかった。

久は、離婚後早瀬に帰ってからも、ずっと村はずれの奥の堂（通称堂さん）にお参りを続けていた。再婚後は、特に熱心に元気な子供を授かるように祈ってきた。

久は、すぐに妊娠し、翌明治三十一年年三月一日、玉のような男の子を出産した。久は、三度目のお産で軽く、すぐ傍には継母の徳がいてくれるので安心であった。ヤヤ子は、丸顔、色白で目もとは久にそっくりであった。銀蔵は、「雄一」と名付けた。慎吾は子ぼんのうで「雄、雄」と呼んで雄一を可愛がった。子育てについて相場家のようにいちいち文句を言う者もなく、雄一を中心とした久夫婦の生活は順風満帆で二人は、この上なく幸せであった。

明治三十四年の春、銀蔵はいつものように鹿児島に行商に出るつもりで準備をしていた。銀蔵は今年の正月頃から、ときどき頭痛があったが、すぐに治まるので気にもとめなかった。しかし春ごろからは、激しい頭痛の発作があり、時には手足のしびれ感やふらつきや目まいを訴えた。徳は心配してすぐに久に相談した。久は定一郎から聞いていた話を思い出した。

「おとっつぁんは血圧が高いかもしれないので、早く加藤医療所に行って、診て貰った方がいいよ」

と勧めた。五年ほど前から、早瀬にも医療所ができて、村人は皆そこに診てもらいに行っていた。銀蔵は、診察の結果、血圧が二百近くに上がって、このまま放置しておけば、中気（脳卒中）になる恐れがあると言われた。暫くはなるべく安静にし、塩辛い物は控えて、血圧を下げる薬を飲むように言われ、大柴胡湯《だいさいことう》という茶褐色の散薬を貰ってきた。一旦血圧が下がっても、まだ不安定なのでまた急に上がる可能性があり、遠くへの行商は止めた方が良いとも言われた。銀蔵は、その夜、久夫婦を呼んだ。

「医者から今年の行商は止めた方が良いと言われた。それで、わしの代わりに久、お前が親方となって行ってくれないだろうか？　鹿児島の皆も待っているだろうから」

久はすぐに「おとっつぁん、安心しておくれ、喜んで行って来るから」と言いたかったが、すぐに雄一と夫のことが気になった。傍から徳が言った。

「久ちゃん、雄の世話はわしがするから。夜は慎吾さと一緒に寝たらいい。慎吾さや雄はわし等と一緒に食事したらいいがね。慎吾さ、どうかね」

と慎吾の意見を求めた。慎吾は、

「おっかさん、ありがとう。おとっつぁんのこんな大事な時に、久が代わってするのはあたり前のことだが、わしはどうしても行商は性に合わんので一緒に出るのだけは勘弁して欲しい。その代わり、わしもできる限り雄の面倒をみるから」と申し訳なさそうに言った。久は、すぐにその場の判断で言った。

「おとっつぁん、わしが行くから。心配しないで安心して養生しておくれ」

その夜、慎吾は久にそっと言った。

「すまんのう、わしも一緒に商いに出ることができなくて」

「わし等二人が一緒に商いに出れば、雄の世話で余計におっかさんに負担が掛かるから、これでいいんだよ」

と久は笑顔で答えた。

しかしこの時、久は、背中にゾクッとする嫌な予感が走った。久にはそれが何であるかわからなかったが、すぐにそのことを忘れてしまった。この久の行商が後に久夫婦を決定的破滅に導くきっかけになるなんて、誰が予想し得たであろうか。

この年五月半ばに、父親に代わって久は、総勢八名の親方になって、鹿児島に行商に出た。久は、一週間に一度の割合で慎吾に手紙を書いた。慎吾は非常に達筆で常宿宛によく返事をくれた。雄一や銀蔵夫婦のことが事細かく書いてあり、久は慎吾からの手紙が待ち遠しかった。

毎年七月には、早瀬村では日吉神社の祭りがある。この祭りは男ばかりが神輿を担いで海を渡り、神社に奉納する。雄一はまだ四歳であったが、小さなハッピに捻り鉢巻を締めてもらい、父親に抱いてもらって祭りに参加して大喜びであった。敦賀に嫁いだ久の叔母の浜は釣り人相手の旅館を営んでいるが、その叔母の娘の豊子が叔母に代わって、祝いの赤飯を届けに来たので、豊子と一緒に雄一を連れて祭り見物をしたことが楽しそうに書いてあった。

だが、それ以後、慎吾からの手紙は滞りがちであった。手紙は二、三週間に一度ぐらいで、内容はきまって「いつも返事が遅くなってすまない。銀蔵夫婦や雄一も元気にしているから安心しなさい」ということばかりであった。

やがて秋の収穫も終わり、その年に売った千歯扱きの代金の回収を終え、久たち一行は十二月の初めに無事に早瀬村に帰ってきた。集金は父親の時よりも多く、銀蔵はよくやってくれたと久を労った。何よりも喜んだのは雄一であり、「おっかさん、おっかさん」と言ってまつわりついて離れようとしなかった。

「お前、少し大きくなったね、ちょっぴり体も重くなっているよ。じいややばあやの言うことを良く聞いて、おとなしくしていたかね?」

「うん、おとなしくしていたよ」

雄一は得意になって久に返事した。その時久は、約八年前、雄一と同じ年頃の博を置いて出てきてしまったことを思い出し「あの時、博がどんなに寂しい思いをしたか」と思うと胸がキュンと痛んだ。

再離婚――夫の不倫

明けて明治三十五年四月、久はつわりがひどく、二人目の子供を身ごもったことに気付いた。出産予定は翌年二月との産婆の見立てであった。銀蔵は七十歳になっていたが、薬と養生のお陰で元気になっていたので、今度は久に代わって銀蔵が行商に出た。

七月になり日吉神社の祭りがやって来た。久はちょうど妊娠五ヵ月で腹帯を捲き、外から見ても少しお腹が目立ち始めていた。銀蔵も鹿児島から祭りのために帰って来たし、去年と同じように姪の豊子が母親に代わって祝いの赤飯を持ってやって来た。豊子は二十六歳、慎吾より四歳年下、久より九歳年下であった。透き通るような色白で久よりも少し背が高いが、愛嬌があり男好きのする容姿をしていた。十八歳の時、同じ村の漁師の所に嫁に行ったが、不運にも新婚三ヵ月で夫が海難事故で亡くなり、以後離縁して実家で旅館を手伝っていた。

慎吾は、久と結婚してからは、組合の仕事で月に一、二回敦賀に出向いていたが、銀蔵の紹介で豊子の実家「浜屋旅館」に一泊して帰るようになった。慎吾と豊子はこうして顔をあわせる機会があり、だんだんと親しくなっていった。

久は相場家に嫁入りする前、叔母の浜が幼児の豊子を連れて来たが、その後は会っていない。久は大人になった豊子を見た瞬間、「はっ」とするような一種の嫉みをおぼえた。

「豊ちゃん、よく来てくれたね。暫く会わないうちに、綺麗になって」

「久姉さん、こんにちは。ご無沙汰しております。雄ちゃんも大きくなって可愛らしいですね。また来年はヤヤ子も生まれるそうで、おめでとうございます」

「お陰で、わしは二人の子供を授かったが、今度は、どうか女の子であればいいと思っているんだよ」

二人の会話は何事もなくスムースであった。

祭りの後、豊子は銀蔵夫婦の隠居所に泊まり、翌日は久夫婦の家にも勧められるまま泊まって帰った。久夫婦は、表面上はとりたてて変わったこともなく、慎吾は雄一を可愛がり穏やかな日々を送っていたが、慎吾の心は微妙に変化しつつあった。家の中のことは何でもテキパキとして、リーダーシップをとる久に対して、慎吾は浜屋旅館に泊まった時に、男を立てて心優しく、かゆい所に手が届くようなきめ細かい心遣いをしてくれる豊子を次第に愛おしく思うようになった。豊子も「慎吾さん」といって慕い、特に二人を接近させたのは、二人とも大の文学好きということであった。文学の話になれば、豊子は夜中まで慎吾の部屋で話しこみ、母親に何度も叱られると、母親に隠れてそっと慎吾の部屋に忍び込んだ。慎吾も初めのうちは「もう遅いから自分の部屋に帰るように」と諭していたが、帰ろうとしない豊子に押されてしまい、とうとう越えてはならない一線を越えてしまった。二人は一度関係を結ぶと、もう焼け棒杭《ぼっくい》に火がついたようなものであった。

二人の関係を何も知らない久であったが、妊娠も順調に経過し、翌明治三十六年二月一日早朝に無事男の子を出産した。その日は昨夜来の雪がコンコンと降り積もり、気温もマイナス五度の寒さであった。久は四度目のお産なので、非常に軽くすみ予定日よりも二週間も早かった。

赤ん坊は無事に生まれたが、父親の慎吾はちょうど敦賀に行って留守であったので、銀蔵は電報で知らせてやった。電報を受け取った慎吾は、予定日よりも二週間も早く生まれたことに驚いたが、とりもなおさず無事に生まれたことで一安心した。慎吾はさすがに浜屋旅館にいることに対して気が引けたが、この大雪ではどうにも帰ることができなかった。

翌日ようやく雪が止んだので、雪道を難儀して早瀬に戻った。久はこの寒い時のお産で赤ん坊が風邪をひいては大変なので、家の中の土間に産屋を作ってもらい、そこでお産をした。慎吾が帰ってきたのは、夜中の十一時過ぎであった。慎吾は帰るなり、眠っていた久の所に駆け寄った。

「久、今帰ったよ。よくやったね。雪が多くてすぐに帰れなくてすまんのう」

久は、びっくりして体を起こそうとしたが慎吾が引きとめた。

「そのままで起きなくてもいいよ、ヤヤ子も良く寝ているから」

この時、久は声を潤ませて言った。

「慎吾さ、この夜中に良く帰っておいでたね」

二人は手を堅く握り合った。慎吾はそっとランプの灯りを赤ん坊に近づけて顔を覗いた。久は言った。

「皆が眼元はわしに似ているし、顔立ちは慎吾さに似ていると」


生後一週間で産屋は取り払われ、銀蔵は次男に「章二」と名付けた。生後百日目の五月初旬には、お宮参りと雄一の尋常小学校の入学の祝いを兼ねて久夫婦は親戚を集めて馳走した。この時も、母親に代わって豊子がやって来た。慎吾と豊子は、皆の前では何食わぬ顔をしていたが、お互いに心の中では意識していた。翌日豊子が帰って行く時、慎吾は豊子を馬車停まで送って行った。二人はまるで夫婦気取りで肩を並べて歩いていた。別れ際に、

「慎吾さ、また近いうちにきっと来ておくれ」

「うん、必ず行くから」

とお互いに手を取り合って堅い約束をした。

慎吾はその後も、組合の用事にかこつけて、敦賀に出かけては浜屋旅館に泊まった。表向きは、久夫婦は二人の男の子に恵まれ、より賑やかになり幸せな日が続いた。

丸一年後の春四月、敦賀の豊子の住んでいる地方で花祭りを迎えた。慎吾はちょうど小学校が春休みになった雄一を連れ、祝いの赤飯と餅を入れた重箱を持って敦賀の浜屋旅館を訪ねた。

「おっかさん！　おとっつぁんと一緒に祭りに行ってくるよ」

雄一は嬉しそうにはしゃいで言った。

「雄、おとなしくしておとっつぁんの言うことを良く聞くんだよ。一つ泊まったら一緒に帰ってくるんだよ」

「じゃあ行って来るよ」と慎吾は優しく久の肩に手をかけた。久は章二を抱いて家の門の外に出て、二人の姿が見えなくなるまでじっと見送った。この時、久は、これが二人の決定的な別れとなり、二度と慎吾に逢えない運命が待ち受けているなんて思いもしなかった。

夫も雄一も、翌日になっても帰って来なかった。何かの理由で帰りが遅くなっているのだろうと久は思った。しかしその翌日も何の連絡もなく、雄一も帰って来なかった。久は、だんだんと不安になり、たまりかねて弟の孝平に頼んで二人を迎えにやった。

夕方、孝平は雄一を連れ、空の重箱を提げて帰ってきた。「おっかさん！」雄一は久の両手

に飛び込んできた。久は、

「お帰り、皆の言うことを良く聞いておとなしくしていたかね。祭りは面白かったかね、おとっつぁんと一緒ではなかったのかね」

「うん、おとっつぁんは後から帰ると言っていたよ。これ買って貰ったんだ」

と手に持っていた二つの駒を見せた。その夜久は、子供たちを早く寝かしつけて、銀蔵夫婦、孝平と四人で夕餉の卓を囲んだ。久は弟の孝平の態度が何となく落ち着かないので、嫌な予感がした。久は父親と弟のお猪口に酒を注いだ。孝平は、久の注いだお猪口を一杯飲み干すや否や口を切った。

「姉さん、慎吾さはもう早瀬には帰らんと言っておいでだ」

銀蔵はそれを聞いて目をむいた。久は息を呑んで、徳利を落としそうになった。銀蔵が、

「早瀬に帰らないとはどういうことかね?」

と聞くと、

「慎吾さは、浜屋の豊子さとできていて、二人は所帯を持ちたいと言っておいでだそうな……」

銀蔵は、「豊子と?」と言ったきり、うーんと声にもならないうめき声を発した。

「豊子さは正月に身ごもって、今三ヵ月だそうな。それで慎吾さも姉さんと離縁して、豊子さ

と所帯を持とうと決心なさったそうな」

黙って聞いていた久は、頭の中が真っ白になった。その場に居たたまれなくなって、隣の部屋に飛び込むなり、思い切り泣いた。

「何で？　何で？　こともあろうに従妹の豊子と浮気していたなんて！」

久は暫くオイオイと泣いた。誰も慰めにも来なかった。暫く思い切り泣いた後、久はふっと思い出した。

「そうだ。私はちょうど九年前、今とまったく同じ罪を犯したんだ。夫定一郎さんの顔には泥を塗るようにして勝手に家を出てしまい、可愛い盛りの幼い博を置いて帰ってしまった。今はちょうど同じような目に自分が遭っている。神様が私に罰を与えたんだ。私はその罰を受けるのは当然なのだ」

そう思うと久は少し気が楽になった。

そうは言うものの、慎吾と豊子の仕打ちに対しては腹が立ち、いや神様が自分に当然受けるべき罰を与えたんだという思いが交錯して久はその場に泣き伏した。暫くして徳がやってきて久の肩に手をかけて言った。

「お前の悲しみや悔しさはよくわかるで、思い切り泣いたがいい。おとっつぁんが呼んでおいでるので、向こうに行こう」

と久を促した。銀蔵は、久が部屋に戻ると、

「慎吾さに思い直して帰ってもらわねばならん。そうでなければ、二人の子供は父《てて》なし子になるでのう」

この時、久はきっぱりと言った。

「おとっつぁん、私はもう慎吾さとはヨリを戻す気はない。豊子さに熨斗《のし》をつけてでもくれてやる。二人の子供は、私一人で立派に育ててみせる」

久の口調には、殺気立つ程の激しさがあった。久の気性をよく知っている銀蔵夫婦はもうそれ以上何も口をはさむことはできなかった。

定一郎の再婚

久との離婚により発奮した定一郎は、離婚後一年、即ち明治二十八年三月、医術開業試験の後期試験に合格し、晴れて正式な医師となった。五月には久々子村に戻ってきて、父親の清太郎もカネ子も大喜びであった。博は八歳になっていた。久と別れた時は、母親を探して泣いてばかりであったが、この頃は子守りのおヨシをまるで母親のように慕い、祖母のカネ子には余りなつかなかった。

定一郎は非常に気さくで、患者さんには誰に対しても親切でこまめに診た。久々子村では、「若先生は、とても親切で東京の新しい診立てで診てくださる」と評判をとり、毎日患者がワンサと押し寄せていた。外科的な外傷も多く、医療所を広くしたり、手術を手伝う助手や下働きの女性も入れると総勢十人ぐらいの人手となった。

清太郎夫婦は、一日も早く定一郎に嫁を取らねばならぬと思っていた。特にカネ子は久のことで懲りているので、嫁をとるならば絶対に由緒ある家柄でなければならない、もう田舎娘は懲り懲りだと思いこんでいた。明治二十九年一月、縁談があった。小浜で医療所を開いていて遠縁に当たる杉浦林太郎からの縁談であった。林太郎の親戚筋に当たる大山家はもと小浜藩の上級武士、廃藩になってから当主は師弟に武術を教えて生業を立てていた。

小浜から京都までは鯖街道が開けていたため、昔から魚その他の行商で京都との往来が頻繁にあり、従って人物の往来もあった。廃藩になってから小浜では、良家の子女は「行儀見習い」と称して十歳頃から京都の公家や金持ちの商家に奉公に出た。奉公といっても下働きではなく、所謂行儀見習いであり、教育、女性としての嗜み、習い事などすべてを仕込んだ。中にはお手付き奥女中になったり、望まれて他家に嫁に行く場合もあった。期間は十年ないし十五年ぐらいで、年季が明けて実家に帰るのが習わしであった。

この度の縁談の相手は、大山艶子といい、京都の公家三條家に十歳から奉公に上がり、やがて奥女中となり二十五歳になって年季が明け、この正月小浜の実家に帰ってきていた。

この縁談を聞いたカネ子は、二十五歳という年令に少し不満はあったが、定一郎も再婚で子持ちであるので、これ以上の良い話はないと飛びついた。定一郎本人は、母親が賛成ならはそれでよいと思っていた。話はトントン拍子に進み、二月には相場家で見合いが行われた。大山家は、二台の馬車を仕立て雪道の中を相場家までやって来た。前の馬車には仲人の杉浦林太郎夫妻が乗り、後ろの馬車には艶子を挟んで大山夫妻が乗った。艶子は紅い地に山茶花の模様をあしらった正絹の着物に菊模様の入った黒地の帯を締めていた。顔だちは丸顔で、おしろいを濃く塗っていたので真っ白でやや小太り、女性としては大柄の方であった。

艶子はランプの灯りでちらっと定一郎を見て、すぐに気に入った。定一郎はといえば、灯りに照らされた艶子の顔がやけに白く映り、少し不気味な感がしたが、それ以外は特別なこともなく、母親が気に入っているならばそれでよいと思った。十一年前初めて久と見合いをした時、久の素朴で健康そうな初々しい姿に心が躍ったが、今回はそういう感情はまったくなかった。

見合い後一週間して、仲人の林太郎が相場家にやって来た。林太郎はやや遠慮して言った。

「艶子さんは、大層定一郎先生を気に入っておいでだが、嫁に来るに当たって、二つの条件があると言っている。一つは、本家には住みたくないので、二人で住む離れ屋敷を建てて欲しい、もう一つは、こちらからお付きの女中を一人連れて行きたいので、離れには女中部屋も作って欲しいとのことだ」

これを聞いたカネ子はむっとしたが、仲人の手前ぐっと堪えた。「よく考えて返事をさせて貰う」と答えた。

定一郎は毎日朝早くから夜遅くまで診療に従事し、夜はおヨシが連れてくる博と話をして、おヨシが博を寝かしに行った後、晩酌をするのが常であった。いつも母親のカネ子が傍にいていろいろと世間話や、家庭内のやり繰りの話をした。その夜もカネ子は定一郎に晩酌を注いでやりながら、仲人からの二つの条件を伝えた。定一郎は、

「私は親父とお袋さんが気に入れば、それでいいよ。ただ博を可愛がってよく面倒をみてくれればそれでいい」

「博のことも仲人には話したが、そのことについては何も言っていないので、わかっていると思う」

こうして、相場定一郎と大山艶子の縁談は相場家が条件をのんで整い、広い庭の横に二人の離れ屋敷の建設が始まった。四月から半年かけて、九月には離れが完成した。艶子の嫁入り道具が多く特に衣装が多いので、二階建てにして衣裳部屋や女中部屋を作った。艶子は風呂や炊事場も作ることを望んだが、カネ子はこれには頑として反対した。この時初めてカネ子の胸に嫌な予感が走った。

「嫁の分際でわがままばかり言って、自分を何様と思っているのか？　わがままにも程がある。食事は皆一緒に摂るものだ」

と憤慨した。

離れの完成と同時に定一郎と艶子の祝言が行われた。明治二十九年十月初旬、定一郎三十四歳、艶子二十五歳であった。両家共見栄を張った派手な祝言で宴会は二晩続いた。二日続いた祝言の翌朝、カネ子は、艶子を伴って村の村長や区長そして親戚に挨拶回りをした。朝九時に家を出る約束をしていたのに、なかなか艶子は出て来なかった。約三十分遅れてようやく艶子はシャナリシャナリとカネ子の所にやって来た。カネ子はいらいらして待っていた。艶子を見て「あっ」と驚いた。

「なんだね、その格好は！」

思わずカネ子は口走った。艶子は真っ赤な綸子の総絞りの着物につづれ地で濃い緑の帯を締め、薄いグリーン色の帯揚げと紅い帯締めをしていた。まるで嫁入り前の十七、八の娘が着る着物である。その上、金縁の伊達メガネをかけていた。カネ子を始め、そこにいた女中達は、皆驚き開いた口がふさがらなかった。カネ子はすぐに、

「艶子さん、この辺りでは誰もメガネなど掛けている者はいないので、外して欲しい」

と苛立って言った。すると艶子は澄ました顔で、

「あら、お義母さん、京都では今流行っているので、皆出掛ける時はかけていますよ」

と言って外そうとしなかった。カネ子は、強い口調で言った。

「ここは、京都とは違います。こちらの仕来りに従って貰わねばなりません」

艶子は渋々伊達メガネを外して着物の袂にしまった。

こうしてカネ子と艶子の間には、初日から激しい火花が散り、カネ子はこれから先のことを思うと気分が重かった。三日後の里帰りの時に清太郎やカネ子の所に挨拶に来た時にはメガネを掛けていなかったが、定一郎と一緒に人力車に乗る時には掛けていたと女中たちが証言した。

その後もカネ子の前ではメガネを外しているが、一人で出かける時には堂々と掛けて出かけるので、村人は、「メガネのご新造さん」と艶子のことを呼び、村人には余り良い印象を与えなかった。

このようにカネ子と艶子の間には、新婚早々からお互いに激しい葛藤があり、特にカネ子は主として自分が家柄のみ考えて貰った嫁だけに早くも失望感に襲われ、次第にノイローゼに陥った。

カネ子は、久が嫁いだ頃と同じように、村の有力者の娘や近くの娘にお茶とお花を教えていた。ある日、お茶を教えている時、その部屋にそっと艶子が入ってきた。

「お義母さん、お手並みを拝見させて頂きます」

艶子は澄まして言った。カネ子は艶子を無視して知らぬ顔をしていた。翌日、艶子はカネ子に向かって、茶の湯や生け花の作法が「古い」と言った。カネ子は、

「あなたにいろいろと言われることはありません。私は自分の信念に基づいて教えており、皆も付いてきてくれているのですから」

と激しく艶子に言い返した。更にカネ子は付け加えた。

「相場家の嫁らしく、使用人たちに率先して働き、手本となってもらわねばなりません。シャナリシャナリといい着物を着て、贅沢三昧に過ごすのではなくてね。私が嫁に来た頃は、雪隠《せっちん》

の掃除までやったものです」

「私は何も下働きをするために、お嫁に来たのではありません。そんなことは、連れてきたおミツにさせます。それよりも食事が随分塩辛いので、口に合いませんの。もっと美味しい京風の料理を女中達に教えようと思っています」

「そんな勝手なことはさせません。私はこれでもこの辺の食事よりもかなり塩を控えて料理させているつもりです」

「では私は一体、何をしたらいいのでしょう？」

「定一郎先生の身の回りのお世話をし、博をきちんと育てることです。当たり前でしょう」

「夫のことはちゃんとやっています。ただ博については、おヨシにくっ付いてばかりで、私の方には見向きもしない。本当に可愛げのない子ですよ。今までどんな育て方をしたのか、疑いたくなります」

「その言い方はなんですか。それでは、私の育て方が悪いと言うことでしょう。子供というものはよく知っているもので、愛情を持って接してやらねば、絶対に懐いてこないものです！」

とカネ子は声を荒らげた。これくらいでやめておけばよかったのに、艶子は、

「別にお義母さんだけが悪いと言っているのではないです。子守りのおヨシにも責任があると思います」

先ほどから、そっと障子の陰で二人の様子を窺っていた女中のおツネは、これ以上二人が一緒にいるとどんなことが起こるか知れないと思い、気を利かせて二人の間に割って入った。

「奥様、お客さんがお見えになりました」

と言ってカネ子を部屋の外に導いた。「大奥様、ごめんなさい。これ以上お二人が一緒にいると何が起こるかわかりませんので、気を利かせて大奥様を呼んだのです。お客さんなど誰もきておりません。嘘をついて御免なさい」とおツネはカネ子に謝った。カネ子は憤懣やるかたない気持ちで「あの性悪女が」と口汚く言った。

医療所は一応午前中と午後は往診、五時には皆で夕食をとり、夜六時より八時まで診療する。いつも定一郎夫妻は夕食後両親の部屋に行き、雑談をし、くつろぎの時間を持つ。その時は博を呼んでやり、学校の出来事を聞いたりして主として博を中心にして話をするのである。

しかしその日は艶子が姿を見せなかった。カネ子もとりつく島もないほど不機嫌な顔をしていた。定一郎は博とひとしきり学校の話をしていたが、「勉強が済んだら早く寝なさい」と博とおヨシを部屋に引き下がらせた。カネ子は博とおヨシが部屋を出て行くや否や、眉間に一杯皺を寄せて不機嫌そうに定一郎に言った。

「今日の艶子さんの態度はなんだね！　如何にも私の博の育て方が悪いと言うんだよ」

定一郎は黙って聞いていた。カネ子は定一郎が黙っているので余計に腹を立てて吐き捨てるように言った。「私を馬鹿にして！」

定一郎はなるべく穏やかな口調で「母さん、艶子には良く言い聞かせて謝るようにさせるから」と言い残して、さっさと夜の診療のため医療所に行ってしまった。定一郎は夜の診療を終えると、両親の所には寄らず、真っすぐに離れに帰った。

「お帰りなさい」

と艶子はいつものように出迎えた。定一郎はむっとして、一言も言わないで、女中が用意してきた晩酌をあおっていた。艶子が傍によって、銚子に酒を注ごうとした時、定一郎が怒るように言った。

「お前は今日、お袋と喧嘩をしただろう。明日は必ずお袋に謝っておけ」

「なぜ私が謝らなければならないの？　悪いのはお義母さんの方です。博がなつかないのは、私が悪いと言うんです」

「そうだ、お前が悪い！」

定一郎はどなりつけた。

「嫁というものは、少々のことがあっても、我慢して姑を立てるものだ。これからは博のことで喧嘩するなんて絶対に許さん」

艶子も負けてはいなかった。悔し涙をポロポロ流しながら、

「あなたには、あんな口やかましいお義母さんがいるから、前の奥さんにも逃げられたんだ。京都にいれば毎日楽しく過ごせたものを、こんな田舎に来たばっかりにいやな思いをせねばならない。私は絶対に謝りませんから！」

酒も廻ってきた定一郎は、

「そこまで言うなら、もうこの家に用はないだろう。出て行け！」

と怒鳴ったかと思うと、酒を飲んでいたちゃぶ台をポーンとひっくり返して寝床に行ってしまった。先ほどからオドオドしながら、二人の様子を見ていた女中は、「奥様、もう休みましょう」と艶子を宥めて寝間を定一郎とは別の部屋にとって艶子を寝かせ、ひっくり返って散らばった酒の肴を片付けた。

翌朝、艶子は食事に起きて来なかった。定一郎は、母親に向かって、「母さん、済まなかった。艶子にはよく言い聞かせたから」と報告した。昼食の時、定一郎は母親から、

「艶子は十時頃、女中を連れて実家に帰ったそうだよ。捨て置きなさい。迎えに行く必要はありません」

と報告を受けた。定一郎は、昨夜「出て行け！」と怒鳴っただけに、少し呵責を覚えたが、母親には言わなかった。

翌日、早速艶子の実家から使いの者がやって来て、定一郎に対して艶子のわがままな態度を詫びた。「まだ興奮しているので、こちらに帰るのはもう少し待って欲しい。必ず言い聞かせて詫びを入れさせるから」と低姿勢で詫びて帰った。カネ子はとうとう顔を出さなかった。

呉服屋の中番頭

やがて、二週間が過ぎた十一月中旬に、艶子は両親に伴われて相場家に帰ってきた。出迎えた清太郎と定一郎に対して、深々と詫びた。

「艶子には、もう帰るところはない。二度とこのようなことはないように充分言い聞かせてあります。まだはっきりとわからないが、身ごもっているかも知れません。それで余計に気が荒立っていたのだと思います」

と父親から、思わぬ言葉を聞いた。定一郎は、艶子がもし身ごもっていたとしても、そんなに心が躍るほど嬉しくなかった。久が身ごもった時は、馨の時も博の時も心が躍り、生まれてくるのを待ち焦がれていたが、今回はそんなことはなかった。博のことを考えると、せいぜい女の子であれば良いと思った。

しかし以後も艶子は、義母に対して嫁らしく振る舞う訳でもなく自分の思い通りの生活をしていた。カネ子は久に対してはあれほど厳しい態度をとっていたのに、艶子に対してはまったく無干渉主義であった。そうすることによって、かろうじて二人の激しい衝突が避けられていた。

十一月の終わり頃には、艶子は吐き気を訴え、つわりの症状が出てきて妊娠が明らかとなった。産婆の見立てによれば、翌年七月七日が出産予定日であった。艶子はつわりでとても起き上がれず、ちょうど正月も近づいていたので、定一郎に伴われて実家に帰った。

正月も過ぎ岩田帯も実家で締めて、三月になって、ようやく相場家に帰ってきた。カネ子は久が身ごもった時には「お前が食べるのではなくて、お腹のヤヤ子が食べるのだから栄養のあるものをどんどん食べなさい」と、大先生と同じものを食べるように言ったものだが、艶子の場合は一切無干渉で、何一つ口出ししなかった。艶子は夫に、離れにも炊事場を作るように頼み、定一郎はカネ子に頼んでみたが、カネ子は「食事は、皆で一諸に食べるもので、お前たちだけで勝手に食べることは許さない」と言って承知しなかった。

艶子は、六月に入ると出産のため実家に帰った。高齢初産であったため、予定より十日遅れて明治三十年七月十七日、無事男児を出産した。男児は清太郎によって「好太郎」と名付けられ、定一郎は、お七夜に名前を告げるために艶子の実家に向かった。艶子はその後もなかなか相場家に帰ってこなかった。生後三ヵ月が過ぎ、宮参りが近づきようやく帰ってきたが、その時には子守り女中をもう一人連れ、更に定一郎にねだって、離れにも炊事場を造らせた。カネ子はあくまで反対していたが、「長男が生まれたとあれば仕方あるまい」という清太郎の一言で了承されたのである。

カネ子と艶子の間は、以前と同じで互いに無干渉であったので、華々しい衝突はなかったが、艶子の生活はその分、怖いものなしで、徐々に派手になってきた。京都にいた頃からの馴染みの呉服屋「大和屋」の中番頭の富吉に二、三ヵ月に一度、あれこれと着物を見つくろって持ってこさせていた。

富吉は敦賀の田舎の出で、十歳の時から大和屋に奉公に上がっていた。熱心で気立てもよく、商売人に向いていたので、大和屋の主人は一生懸命に商売を教え、中番頭にまでなった。大和屋の主人は、息子の代になれば富吉を大番頭にして、一生面倒を見るつもりであった。富吉は大の芝居好きで、色白、うりざね顔、目は大きく、鼻筋が通っていて役者と比べても引けをとらない容貌をしていた。若い頃は、富さん、富さんと呼ばれて、女性客に非常に人気があった。三條家の奥方からもお声が掛かり、三條家に出入りしているうちに艶子とも知り合うようになったのだ。艶子は着物を新調する度に、それを着て小浜や敦賀に芝居見物に出かけた。

さすがに乳を与えている時は出かけなかったが、好太郎が乳離れすると子供を女中に預けてよく出かけていた。カネ子が見かねて定一郎に注意し、定一郎は艶子に注意したが、一時のみで、また暫くすると出歩いた。

明治三十一年の正月、清太郎は往診から帰ってきた直後に、気分の不良を訴え横になると同時に、右手がしびれ麻痺が出現した。右脚もいうことを利かなくなり、言葉が上手くしゃべれなかった。「大先生が倒れなさった。すぐ診にきておくれ」定一郎が駆けつけた時は、清太郎は眠っていたが、定一郎の呼ぶ声に眼を開けた。そして何か言いたそうにして口を開けたが、言葉にならなかった。定一郎は、血圧を測ったり、一通りの診察を終えると、母親を隣の部屋に呼んだ。

「お袋さん、親父は中風に罹っている、幸いにまだ軽い方だから、運がよければ、春には伝い歩きができるようになるかもしれん。お袋一人の看護では大変だから、艶子にも手伝うように言っておく」

だがカネ子は、「絶対に来て欲しくない。あの人の顔を見るだけでも鬱陶しい」と強い口調で反発した。結局カネ子は、女中のおツネともう一人シマと三人交代で夫の看病に当たった。清太郎は言葉がはっきり言えないために、お互いに意思疎通が上手くゆかず、時には癇癪を起こし、筆談することもしばしばあった。だが艶子は、義父が倒れたことを夫から聞いた時に見舞ったきりで、後はいくら近くても、女中に様子を見に行かせて、自分は一度も顔を出さなかった。清太郎は三人の献身的な介護や本人の努力もあって、暖かくなった四月には、ようやく家の中を伝い歩きできるまでになった。

以後、医療は主として定一郎の手に掛かっていたので、定一郎は非常に多忙であった。それでも、好太郎が三歳を迎えた年、即ち明治三十二年正月に艶子は二人目の子供を身ごもり、その年十月に女の子を出産した。定一郎が凛子と名付けた。しかし清太郎は、同じ十月に肺炎に罹患し、三日寝込んで急逝してしまった。享年六十三であった。

葬儀には近隣の村々からも非常に多くの人が参列し、彼の遺徳を偲んだ。相場家は、要であった清太郎が逝ってから、定一郎夫婦とカネ子の間に大きな隙間ができて、じわじわと家族崩壊に繋がっていくのである。

小外科的処置を得意とした定一郎のもとには、わんさと患者が集まり、三人の書生の協力の下、毎日のように手術を行った。午後からも往診があり、少しも休む暇もないほど忙しい日が続いた。定一郎の唯一の楽しみは晩酌であった。夜の診療を終えて、母親の所に挨拶に行き、離れに帰って晩酌するころは、子供たちは勿論、艶子も女中達も皆眠っていた。艶子は起きてさえ来なかった。定一郎は、晩酌をしていると決まって「久」の顔が浮かんで来た。久が博を置いて、相場家を出ていった当時は、「なんと気のきつい恥知らずな女だ」と憎しみで一杯であったが、この頃はやけに久の顔が浮かび、「この家で、辛いことも辛抱しながら、ずっと俺の帰りを待っていたのだ」と思うと、いじらしくてならなかった。

定一郎はどんなに深酒をしても、翌朝六時にはきちんと起きて朝食を取り、学校へ行く博に必ず声を掛けてやった。博は幼い頃から、継母の艶子にはのけ者にされて、寂しい思いばかりしてきたが、こうした父親の温かさが子供心にもとても嬉しかった。

ある春の午後、博は、五人の友達と一緒に下校していた。その時、向こう側から、艶子が女中をつれて、シャナリシャナリと歩いてきた。例によって伊達メガネを掛けていた。子供達の中でガキ大将の子が、「ヤーイ、トンボメガネのおばちゃんだ！」と大声で囃したてると、博を除いた他の子供達も、一斉に艶子を囃したてた。艶子は怒って「お前たちは何だね、この私に向かって！　明日、学校の先生に言いつけるから！」と怒鳴った。

博は仲間に入っていなかったが、艶子は当然、博が先導したものと思い込んでいた。その日の夕刻、艶子は家に帰るなり、博を離れに呼びつけてこっぴどく叱り付けた。

「今日はなんだね！　お前が先導して私をやじったんだろう。もうお前の母親でもないから、お前はこの家を出て行きなさい！」

「僕は何もしていないよ。皆が勝手にやったんだ」

博がいくら弁明しても、艶子は聞く耳を持たず、言えば言うほど艶子は興奮して、声も大きくなっていった。博はいたたまれず、家を出て村の中をさまよい歩いた。海岸沿いに久々子村と早瀬村を結ぶ、人一人がやっと通れる程の小道がある。ちょうど飯切山の裾が海岸線まで延びていて、小道はここを切り開いて早瀬まで通じている。そこには大きな一枚岩があって、洞を作り岩屋大師堂を建てて、その中にお大師様が祀ってある。この大師堂のすぐ横の断崖絶壁の上に小さな宗方神社が祀ってある。この絶壁から海に飛び込めば、もう助からない。博はこの神社の横で、ぼんやりと佇んでいた。

もう午後八時、日はとっくに暮れて辺りは真っ暗であった。子守りのおヨシは、午後八時過ぎても博が家の中のどこにもいないことを知り、定一郎に告げた。大騒ぎになり家中の者が手分けして博を捜した。ようやく書生が宗方神社が祀ってある絶壁のところで佇んでいた博を見つけて、連れ帰ってくれた。

このことがあってから、艶子は「博をこれ以上この家におくのなら、私が出て行く」と言い出した。定一郎は、東京に住む叔父の家に博を預かって貰い、東京の学校に行かせることにした。

一方、艶子は、義父が亡くなった一年間は、凛子を産んだばかりで母乳で育てねばならず、おとなしく喪に服していたが、一年を過ぎると、生来の派手好きな性格が持ち上がってきた。富吉を呼んで着物を買ったり、京の噂話を聞くのが何よりの楽しみであった。夫婦の会話や夜の営みも殆どなく、週に一回のお茶とお花の教室だけが、外の空気に触れる唯一の接点であった。村人達とも交際しようとせず、また村の行事にも参加しようとせず、単調な田舎の生活に辟易していた。そこで、ときどき、富吉を誘って小浜まで芝居見物に出かけることがあった。

何度か二人がそうして逢瀬を重ねているうちに、医者の奥方と着物を売る商人という関係ではなく、次第に心の通い合う男と女の関係になっていった。艶子は夫との間は冷め切ってしまい、富吉も病気がちの妻を三年前に亡くしていた。艶子は、逢う度に愚痴をこぼしていた。

「ねえ、富吉さん、私はこんな田舎の生活は退屈で我慢できないのよ」

「奥様、そうですよね。京都では春、夏、秋、冬どの季節でも楽しみがあって、良かったですよね」

「富吉さん、夫は、仕事が忙しすぎて、私や子供のこともほったらかしなの。その上、お義母さんは、頑固でいけずで、私にはまったく冷たいのよ。私は、ときどき、もうこの家を出ようかとさえ思うことがあるのよ」

「奥さん、そんな早まったことをしてはいけません。小さな二人のお子さんを置いて家を出るなんて」

富吉は、初めのうちは艶子の愚痴を軽く聞き流して、相槌を打っていたが、何度か逢瀬を重ねているうちに、自分を頼りにしている艶子が愛おしくなってきた。愚痴をこぼしている時の艶子の顔は、もう妻でもなければ、母親でもなかった。ただただ今の退屈な生活から逃れて、昔の京都での華やかな生活に戻りたいという妄想に駆られていた。

やがて二人は、男と女の関係に陥り、「いずれ近い将来二人で所帯を持って京都で暮らそう」と話し合っていた。ちょうどその時、艶子が家を出る機会が訪れた。富吉が急いでやって来て、艶子に告げた。

「三條家の大奥様が昨日亡くなられ、明後日にお葬式が執り行なわれるそうだよ」

「長年お世話になった大奥様のお顔を一目見てお参りをしたい、是非京都へ連れて行っておくれ。そうだ、これを機に私はこの家を出よう、富さんの家に泊めておくれ」

「そうだ、この際思い切ってそうしよう。明日五時に小浜のバス停留所で待っているから」

二人はまるで若い恋人同士のようにすぐに意見が纏まった。艶子はその夜、遅く帰ってきた定一郎に告げた。

「京都の三條家の大奥様が亡くなられたので、明日、是非お参りに行かせてほしい。ついでに久しぶりなので、祇園祭も見てきたいので帰りは少し遅れるかも知れない、宜しくお願いします」

「それは、気の毒なことだ。ぜひ、お参りに行ってきなさい。しかし、京都まで一人で行けるかね」

「大和屋の富吉さんが知らせに来てくれて、待っていますので」

「大和屋の富吉って誰だね」

「いつも着物を持ってきてくれる京都の呉服屋の番頭さんですよ」

「ああ、そうなのか。子供たちのこともあるから、お参りが終わったら、すぐに帰ってきなさい」

「……」

これが定一郎夫婦の最後の会話であった。定一郎四十五歳、艶子三十六歳、長男好太郎十一歳、長女凛子九歳の時であった。結局、艶子は祇園祭が過ぎても帰らず、後から見つかった書置きによって、艶子が家出して富吉と所帯を持ったことがわかった。

その後、定一郎は、前よりも一層深酒をするようになったが、感心なことにどんなに夜遅くまで飲んでも、翌朝はきちんと起きて診療した。だがカネ子はノイローゼに陥り、食事も殆ど喉を通らずに痩せ細っていった。村人達の中には「カネ子が嫁をいびりだした」と噂する者もいたり、「あんな派手な嫁さんでは大奥さんと合うはずがない。大奥さんも気の毒だ」とカネ子に同情する者もいた。

父親の死

一方、久が慎吾と離婚したのは明治三十七年四月で、長男雄一が七歳、次男章二が二歳の時であった。

夫がこともあろうに、従妹の豊子といい仲になって、二人で所帯を持ったことに対して、久は激しい怒りと屈辱で胸も張り裂けんばかりであった。どんなに父親が「慎吾に帰って貰って、元の夫婦のサヤに収まるように説得するから」と言っても、頑として聞き入れなかった。腹だち紛れに「あんな人は熨斗を付けてでもくれてやる」と啖呵を切ったものの、実際にこれから先、二人の子供をどうして育てていこうかと途方にくれた。

銀蔵は、最近少しずつ老いの影が見られ、食も細くなった。慎吾の不倫・駆け落ち事件があって以来、何かにつけてずっと久のことを心配していた。

明治四十年一月十五日、この日は小正月のため、銀蔵は朝から家の前の雪をかいたり、掃除をしたりして小まめに動いていた。夕方五時頃から風呂に入り、風呂から上がると、徳が正月料理と晩酌を出した。銀蔵は上機嫌になって、「徳、お前も一緒にちょっと酒を飲まんか」と徳にお猪口を差し出した。徳は「私は飲めないので遠慮しておく」と言うと、銀蔵は、お猪口を無理に徳の手に握らせて酒を注いだ。徳は仕方なくほんの少しだけ口にした。銀蔵は、次第に酒がまわり、上機嫌になり饒舌になった。

「お前が家に来てくれた時は、大勢の子供がいて、お前には本当に苦労をかけた。男の子は下の二人はまだ小さかったし、女の子でも久は特別きかん気だったからのう」

「お父さん、そんなことはないよ。私はいっぺんに五人の子のおっかさんになれて、幸せだったよ。一人ではとてもよう面倒を見切れなかったが、婆やんが優しい人だったので、私はほんとに幸せ者だったよ」

「お前の子供も死産で残念であったが、育っていれば、もう三十にはなるかのう」

「そうだねえ。可哀そうだったね」

「わしは今、久のことが一番気になっとる。久がこれから二人の小さな子供を立派に育ててくれればよいが……。お前にまた苦労をかけるが、久の力になってやっておくれ」

「お父さん、そんなことはちっとも心配しないでおくれ、私が嫁いだ頃は、久はきかん気で苦労があったけど、あの子は賢い子だから、どんな困難でもやり抜いてくれる子だ。私にとっては、それだけに一番可愛く思っている子だよ。私にできることは何でもしてやるつもりでいるから、安心しておくれ」

「そうか、すまんのう、お前もまだ若いから元気でいておくれ」

「お父さんこそ、元気で頑張って長生きして貰わねばのう」

いつになく二人の話は神妙になっていた。

これが銀蔵夫婦の最後の会話となった。銀蔵がお猪口の酒を飲み干した時、「うっ、うっ」と声を発して、うつむきになった。徳は、目の前の夫が急に様子がおかしくなったのでびっくりして、「お父さん、お父さん」と声をかけたが、銀蔵は「あ、あ」と言ったきり返事にはならなかった。徳は銀蔵を横たえて、すぐ母屋の又吉を呼びに行った。

「お父さんが倒れたのですぐ来ておくれ」

又吉夫婦や久がすぐに駆けつけてくれた。久はすぐに銀蔵のところに駆け寄って、「おとっつぁん、おとっつぁん」と声を掛けたが眼は閉じたままで返事はなかった。久は銀蔵の手足を触ってみたがすでに冷たかった。しかし体にはまだ温もりが残っていたので、咄嗟に胸を開いて両手を置いて心臓マッサージを始めた。「一、二、三、四、」と心の中で数えながら、十分ぐらい続けていた時、久は「おとっつぁん」と大きい声で呼んだ。銀蔵は薄目を開けて「うっ」と微かな声を発した。皆が駆け寄って「おとっつぁん、おとっつぁん」と呼んでみたが、二度と蘇ることはなかった。久が相場家に嫁いでいた時、義父が路上に倒れていた人に行っていたことを、見よう見真似で、咄嗟に思い出したのであった。

当時、早瀬村にも一軒、医療所ができていたので、又吉がその加藤医師を呼びに行き、約十五分後に駆けつけてくれた。銀蔵の体は冷たくなり、すでに瞳孔も開いていた。加藤医師は、情況から判断して、死因を「脳卒中」と告げた。このように銀蔵は、あっけなく他界してしまった。明治四十年一月十五日、享年七十五であった。

銀蔵の葬儀には多くの人が参列したが、皆口々に「銀蔵さんは幸せ者だった。誰にも面倒をかけないであの世に逝ってしまった。できるものなら、わし等も銀蔵さんのように、お迎えが来てくれるとありがたいものだ」と噂しあった。

久は小さい時からこの年になるまで、陰になり日向になって、自分を支えてくれた父親、即ちおおきな大黒柱を失い、しかも手元にはこれから育てていかなければならない二人の小さな子供を抱えて途方にくれて、葬儀が終わっても暫くは泣き暮らした。久が泣き暮らしていると、二人の子供も一緒になって泣いた。

鹿児島での行商生活

ある日、久はふっと気が付いた。

「そうだ、私はいつまでも悲しんでいる訳にはいかないんだ。章二も五歳になったので、おっかさんに見てもらって、今年から働きに出よう」

久はこうと考えが決まると実行は早かった。

明治三十年代は、早瀬村では千歯扱きの行商が最も盛んな時代であった。これは大正の中頃まで、回転式足踏み式脱穀機が出るまで続いた。どうせ行商するなら、おとっつぁんのように売り子を集めて、女親方として働きたかった。何しろ久は、将来二人の息子を立派な医者に育てるために、どうしても今から働いてお金を貯めておかねばならなかった。それには、ただの売り子よりも、売り方次第で儲けの大きい親方になるべきである。久はその夜、継母・徳に自分の決心を話した。

「おっかさん、私はこの春から行商に出ようと思う。章二も五歳になり、聞き分けも大分良くなってきた。この二人の子供を将来大学まで行かせて一人前にするには、相当金が掛かるから、今から働いて貯めておかねばならない。それにおとっつあんが亡くなっていつまでも売りに行かなかったら、お得意さんを他のこっき屋にとられてしまう。おっかさん、二人の子供の面倒を見てください。どうかお願いします」

と久は、畳に頭をこするほど下げて頼んだ。

「久ちゃん、わしはまだ元気なのでかまわんが、章二が寂しがるだろう。もう一年待って、小学校に上がってから始めたらどうかのう」

「おっかさん、子供はすぐに大きくなる、今始めねば一年後では、それだけ儲けは少なくなる。何とかお願いします」

こうして久は、同じ村の中川茂吉・しづ夫婦、中西達夫・のぶ夫婦、それにすぐ隣の松井家の五男留吉の五人で仲間（これを坊仲間という）を組織し、春には手土産用のワカメをしこたま仕込んだ。久は雄一が小学校の始まる四月八日を機に少しでも早く出発しようと思った。鹿児島中央駅前の満木屋旅館宛に一年分の千歯扱きと土産物を前もって送っておいた。

久は、出発前夜、囲炉裏端に二人の子供を呼び寄せた。

「いいかね。今からおっかさんの言うことをよく聞きなさい。おっかさんは、明日から鹿児島という遠い所に仕事に出て、当分帰って来れない。お前たちは、ばあやんの処へ行きなさい。

ばあやんがお前たちの面倒を見てくれるので、ばあやんの言うことを良く聞いて、おとなしくおっかさんが帰る日を待っていなさい」

十歳の雄一は、すぐに言った。

「おっかさんは、いつ頃帰ってくるの？」

「そうだねえ、秋祭りが済んだ頃かな」

「やだ、やだ！　そんなに長いこと待つのは嫌だ。俺もおっかさんに付いて行く」

と涙をこぼしながら母親にしがみついた。それを傍で見ていた五歳の章二もまた兄の真似をして母親に泣きついた。久は、心を鬼にして言った。

「いいかね、よく聞きなさい、前にも言ったと思うが、お前達には、お医者さんちの兄やんがいる。今は事情があってお前たちは会うことはできないが、兄やんもお医者さんになろうと思って、一生懸命勉強されているそうな。お前達二人とも勉強して偉いお医者さんになりたいと思わんかね」

「うん、俺もお医者さんになりたい！」

と雄一が言えば、章二も同じように、「俺もなりたい！」と言った。

「そうか、良く言った。それならおっかさんは、どんなことをしてでも働いて、お前達を上の学校に行かせてやる。ばあやんの言うことを良く聞いて、おっかさんが帰ってくるまで、おとなしくして待っていなさい」

と厳しい口調で言った。その時、子供を説得している久自身でさえも将来この子達が勉強して医者になって村に帰って来て、村の人たちに尽くしてくれるかどうかまったくわからなかったが、せめてもの久の願いであった。この久の宿願は、かって自分を追い出そうとした義母や裏切った夫への「仕返し」であり、また従妹と浮気して出て行った二度目の夫への怨讐であった。

長男の雄一は優しい母親思いの性格で、しかも勉強も学校では良くできたので、久は心の底で一縷の望みを持っていたが、次男の章二についてはまだ五歳で何にもわからなかった。

「雄一、お前は学校で字を習っているから、手紙を書いておくれ。あて先はばあやんに書いてもらうからね。おっかさんは楽しみに待っているよ」

「うん、きっと書くからね」

四月十日早朝、まだ子供たちが寝ている間に、久たち一行は出発した。

久たち女性は、紺の手甲脚絆に紺がすりの小袖を着て、小さめながらお太鼓をしめてワラジを履いた。留吉は、セルの厚子、紺の股引をはいて、ワラジを履いていた。一人ひとりコウモリ傘と矢立を持って、なかなかの旅姿であった。

久が子供の頃と違って、この頃になると鹿児島に行くには、早朝に早瀬を出て、小浜まで歩き小浜から敦賀まで船に乗り、敦賀から列車で大阪まで出た。大阪からは大阪商船に乗り、鹿児島港に着いた。船では二泊し、結局早瀬から鹿児島まで四日で到着した。昔と比べれば、随分早くなった。

定一郎の死

明治四十四年四月下旬、北陸路に今年もまたようやく遅い春が巡ってきた。

久は、二人の男の子がぐれもしないで、今や「バアヤン」と呼ばれるようになった徳の言うことを良く聞き、学校の成績が良いので、将来は医者にすることを楽しみに一生懸命に働いた。その年も四月終わりには行商に出るつもりで、毎日準備に忙しかった。久は、決して二人の子供を甘やかさないで、母親が一生懸命働いていることを少しでもわからせるために、朝は五時に起こして、学校に行く前に荷造りした千歯扱きを荷車に載せるのを手伝わせた。

兄の雄一は十四歳になり、弟章二は九歳であった。兄は眠い目を擦りながら、千歯扱きを荷車に積む作業を手伝うのだが、弟はじっと突っ立って見ているだけなので、雄一は「お前も手伝え」と叱った。それでも章二は、いつも「そんなの重くて運べない」と言って手伝おうとしなかった。ようやく久と雄一で積荷を終えると、久は一人で荷馬車を引いて小浜まで運ぶのである。「お前たちは朝御飯を食べて早く学校に行きなさい」と久は促した。二人の子供は、久の姿が見えなくなるまでじっと見送り、最後の曲がり角では、必ずお互いに手を振って別れた。

春遅い北陸でも、四月中旬ともなれば、一斉にいろいろ春の花が咲き出す。久の家の白木蓮はその年もたくさん花をつけて、はや満開になり、そこはかとない良い香りが漂っていた。久は今日も荷物を運び終えて、縁側で徳と茶を飲んでいた。そこに仲間の娘ハルが息せき切ってやって来た。

「久おばさん、相場医療所の定一郎先生が、昨日の夕刻にたくさんの血を吐いて亡くなられたそうだよ。それで今夜お通夜で、明日九時からソーレン（葬儀）だそうよ。わしは、少しでも早く久おばさんに知らせてあげようと思って飛んできた」

「そうか、よう知らせておくれたね、ありがとう」

久はそっと声を落として言った。

「定一郎先生は幾つだったかね」と徳が問うと久は、

「私より五つ上だったので、四十九歳だと思う」

「そうかね、まだまだ若くてこれからという年なのに、本当にお気の毒だね」

ハルは「先生は、メガネの奥様が家を出られてからは、毎晩、深酒をされていたそうだよ。それに昼間は患者さんが大勢詰め掛けて、随分無理をなさっておいでだったそうよ」

と言った。さらに、出された菓子と茶を飲みながら、

「久おばさんは、前の奥さんで坊ちゃんの母親なのに、一目逢いに行くこともできんし、ソー

レンにも出ることができんで、悲しいのう」

と久に同情した。久は黙って頷くしかなかった。ハルや徳が帰った後、久は一人でぼんやりと白木蓮の花を眺めながら、相場家に嫁いだ日もちょうど大きな白木蓮の木が満開で、久は不安と期待で一杯であったこと、また定一郎はとても優しかったこと、そして自分は、そんな定一郎の顔に泥を塗ってしまったこと、愛する幼い博に寂しい想いをさせてしまったこと等を走馬灯の如く思い出して、涙が止めどなく溢れた。

「もしあの時、私がもう一年辛抱して相場家にとどまっていたら、定一郎先生をこんなに早死にさせないで済んだかもしれない」

と思うと、胸が張り裂けるような想いであった。

翌日久は、黒い着物を着て一切の仕事を休み、誰にも見られないように久々子村に行き、そっと遠くの木陰から葬儀の列を拝んだ。棺の入った輿のすぐ前に、ほっそりとした小柄な女性が見えた。その後にはこれもほっそりした背の高い若者、その後に小さな男の子と女の子の姿が見えた。久は直感的にほっそりした若者が博だと思った。噂では、博は昨年より東京の慈恵医院医学専門学校に入学して勉強していると聞いていた。

そう言えば、前々日の朝、久が髪を櫛でといていた時、ポロッと櫛の歯が一本折れた。その時久は、何となく縁起が悪いと思ったが、気にも留めなかった。そしてまた前々日の夜、立って台所の後片付けをしていると、何の前触れもなく急に目眩がして、フーッとなって倒れそうになった。慌てて久は、壁に寄りかかったが気分が悪く床に入って休んだ。ウトウトとして三十分もすれば、すっかり気分も楽になった。

今から思えば、あれは定一郎先生が、私に最後のお別れを言いに来てくださったのだと思うと悲しくて一人涙した。葬儀の行列の先頭に、カネ子、博、そして幼い子供二人の後ろ姿を見たのであるが、久は我が子博の後ろ姿に懐かしさと愛おしさがこみ上げて来た。僅か七歳の時に置いて来てしまって、早《はや》十七年歳月が流れた。小さな幼子は見上げるような背丈になり、後ろ姿からも、立派な青年に成長したことが窺えた。

それに反し、気になるのは、元来華奢なカネ子が、一層細く小さくなったように見えたことだ。後妻の艶子との間にできた男児・好太郎は十五歳、女児・凜子は十三歳になっていた。久はこの小さい子供たちを見て、実母が亡くなった時のことを思い出し、運命の縁を感じ後妻の子供とはいえ哀れでならなかった。

東京では、明治十四年に高木兼寛氏により「成医会講習所」という医学校が京橋区鎗屋町の東京医学会社の大広間を借りて誕生した。その後、この医学校は三十六年に東京慈恵医院医学専門学校に昇格した。そして三十八年には、医術開業試験を受けることなく、卒業しただけで医師になれる文部大臣指定校に認定されている。四十一年からは東京慈恵会医院医学専門学校となったが、当時、この医学校はとても人気があり、医師を志す若者が全国からやって来た。そのため入学試験の倍率が高く、地方から出て来た若者は、なかなか入学できなかった。博は、東京で三年目にしてようやく、憧れの東京慈恵会医院医学専門学校に入学したのである。

一方、清太郎が他界して十二年目になるが、息子の定一郎の代になって、相場医療所には大勢の患者が押しかけ、所帯も大きくなった。後妻の艶子は定一郎の仕事に無関心で自分の好きなことをしていたので、母親カネ子が一人で懸命に家の中を取り仕切っていた。艶子が呉服屋の富吉と駆け落ちしてから、定一郎は深酒するようになった。カネ子は今までよりも更に神経質になり、怒りっぽくなり、夜は眠れない日が続き、食欲もなく体重は減っていった。定一郎の急逝により、カネ子はすっかり弱り、一時鬱状態に陥り物事の判断もできない程であった。定一郎のもとで、医療を手伝いながら勉強をしていた二人の助手は、約二ヵ月かけて、患者さんを他の医療所に紹介したり、博が医学校を卒業してここで再び開業するまで一時閉鎖する準備をした。

定一郎の二人の子供はまだ幼かったので、とてもカネ子が一人で面倒をみることはできず、艶子の実家が引き取った。カネ子も随分心配して、充分な養育費を艶子の実家に渡した。多くの患者が詰め掛けたあの相場医療所も閉鎖された。大きなお屋敷もカネ子と昔からいる女中、おツネとおマサのみになってしまい、屋敷内は灯が消えたようであった。

カネ子は、定一郎の四十九日の法要を終えるまでは、なんとか歩き、自分で身の回りのことぐらいはできたが、法事を終えるとどっと疲れが出て、床から起き上がることもできなかった。おツネとおマサの献身的な介護により、幾分元気を取り戻したが、寝たきりで再び起き上がることはできなかった。蝋のように白かったカネ子の肌はだんだんと薄黄色味を帯びてきた。体全体は案山子《かかし》のように細かったが、腹部だけが異常に膨らんでいた。ときどき腹痛や嘔吐を訴え苦しむので、おツネは隣村の早瀬から医者を呼んで診て貰った。医者は丁寧に診察し終えると、おツネを隣の部屋に呼んで言った。

「ご新造さんは、胃の臓を病んでおられる。この病は、胃だけでなく肝の臓にも及んでいるので黄疸が出てきている。その上、お腹には腹水といって水が溜まっているので、お腹があのように異常に大きくなっているのだ。この病は不治の病だから、あと三ヵ月か、よく持ちこたえても半年ぐらいと思う。せめて、軟らかくて栄養のあるものを食べさせてあげてください」

と言って、麻酔作用のある痛み止めの薬を置いて行った。おツネとおマサは、カネ子が単に心労と疲れで病んでおられるとばかり思っていたので、余命数ヵ月と聞いて大変驚いた。二人は暫し泣き悲しんだが、カネ子に悟られないようにぐっと堪えて、カネ子を最後まで看病することを誓った。

この年の夏は異常に厳しかったが、不思議にカネ子は小康状態が続き、嫁に行った娘二人を呼び寄せて、定一郎の初盆を迎える支度をした。この行事には、親戚十名、二人の娘、そして東京から博が戻って、約十五名ほどで行われた。カネ子は、坊さんがお経を唱えている間は二人の女中に支えられてどうにか座っていることができたが、それ以上は座っていることができず、床に横たわった。博は、祖母の容態についてはおツネからの手紙で知っていたので、宴席で、

「実は、祖母は胃の臓を病み、医者から余命数ヵ月だと言われている」

と告げた。出席者は、異口同音に次々に起こる相場家の不幸を悼み、カネ子を見舞って帰って行った。

客達が帰った後、博は祖母の枕元に座った。ちょうど眠りから覚めたカネ子は、傍に座っている博を見て、嬉しそうに笑みを浮かべ、骨と皮ばかりになった細い手を差し出した。博はその手を力強く握り返した。

「博や、よう帰ってきておくれた。東京の医学校の生活は大変と思うが、頑張って勉強して一日も早く医者になって、ここに帰って来ておくれ。私はお前が帰って来るまでは、何としても生きたいと思ったが、とてももう生きられない。ほんとに残念だよ」

「ばあちゃん、そんなことはないよ。僕が帰って来るまでは、絶対に待っていておくれ」

二人は、握っていた手をより強く握りしめた。博の目には涙が溢れ頬を伝わって流れ落ちた。

カネ子は博の言葉を聞いて安心したのか、暫くすると浅い眠りに陥った。博は祖母の顔を見ながら、幼い頃のことを走馬灯の如く思い出した。母がときどき、自分の部屋に入ってそっと泣いていたこと、はじめはなぜ母が泣いているのかわからなかったが、ある日母が祖母の部屋でひどく祖母に叱られている所を見たこと、夜中に母が自分を背負って湖に飛び込もうとしたこと、ある日の朝、起きたら母親がどこにもいなかったので泣きながら捜し回っていたら、この祖母が怖い顔をして「お前のお母さんは海に落ちて死んでしまった」と言ったことなどを断片的におぼえていた。

また後妻の艶子は、自分の子供たちばかり可愛がって、いつも博をのけ者にするので、子守りのおヨシを本当の母親のように慕ったこと、そして祖母も不憫に思って優しくしてくれたこと、しかし子供心にも、この祖母が母をいじめたと思っていたので、祖母には心から甘えたり好きになったりできなかったことも記憶していた。

博が祖母と言葉を交わしたのは、これが最後となった。定一郎の初盆行事を終えるとカネ子は安心したためか寝つくようになり、それまでは食事は布団の上で体を起こして食べていたが、体さえ起こすことができず、寝たままでおツネやおマサにスプーンで食べさせてもらうようになった。やせ衰えて骨と皮ばかりになり、眼球や皮膚はだんだんと黄色が強くなってきた。カネ子は、痛み止めの薬でトロトロしている時以外は、頭ははっきりしていた。体調の良い時は、いつもおツネやおマサを呼んでは話し相手にした。

「おツネさん、私はこの頃、夫や定一郎、そして久さんの夢をよく見るのよ」

「そういえば、先日も大奥様は眠っている時に『久さん』と呼んでおいでしたよ。私は夢を見ておいでると思っていました。どんな夢でしたか？」

「久が大きな鯛や珍しいお菓子を一杯持って、見舞いに来てくれたんだよ。私がお礼を言おうと思って声を掛けたんだが、何も言わずに、スッと消えてしまったんだよ」

「そうですか。それで久さんの名前を呼んでいたのですね」

「夕べは定一郎が、幼い博を抱いて久さんと一緒に祭りを観に行っていたので、私が声を掛けると、もうそこに久さんはいなくなってしまったの」

「大奥様、久さんはこの家を出て行かれ、大奥様に不義理をしているので、まともに顔を合わせることができないのですよ」

「そうだろうかね？　久の夢をよく見るのは、私がどうしても久に逢いたい、そして一言詫びを言いたいと思っているからだと思うよ」

「大奥様、何を久にお詫びなさるのかね？　大奥様は何にも詫びることなどありませんよ。久は、大奥様や定一郎坊ちゃんの顔に泥を塗って、出て行った女ですよ。詫びるのは久の方でしょう」

おツネは、この気の強い奥様が久に逢いたがっているのはよほど何か強い思いがあるのではないかと心では思った。

義母との恩讐を越えた和解

いつしか秋も暮れ、早《はや》十一月を迎え外は寒い日が続いた。おツネやおマサは、カネ子の部屋に、火鉢に炭を入れ土瓶に絶えずお湯を沸かして蒸気を立て、暖めた。カネ子はやせ衰えているので、背中、仙骨、踵、耳朶などに床ずれができて、二人は医者の指示に従って毎日消毒しガーゼを当てた。

十一月中旬の珍しく小春日和の日、カネ子はよほど気分が良かったのか、おツネを呼んで話しかけた。

「おツネさん、久は鹿児島方面に商いに出ていると聞いたが、今年はもう帰ってきただろうか？　私はどうしても久に逢いたい、逢って一言お詫びを言いたい。それに久に是非博のことも頼みたい」

「大奥様、久は相場家に泥を塗って出て行った女ですよ。奥様が謝るなんてとんでもない。謝らなければいけないのは久の方ですよ」

「おツネさん、それはもう昔のことだよ。私はもう余り長くは生きられないので、是非久に一度会いたいのだよ」

おツネは黙ってカネ子の顔を見つめていたが、やせ衰えて目ばかり大きくなったカネ子の瞳は一心に哀願していた。さすがに、何とかして少しだけでも久に逢わせてあげたいと思った。おツネは、以前博の子守りであったおヨシが漁師に嫁いで近くに住んでいることを思い出して、おヨシに事情を話して久の家に向かわせた。

十一月中旬の寒い夜であった。夜の九時を少しまわった頃、子供たちはもう寝てしまったのでそろそろ寝ようかと久が思っていた時、門の外で、「こんばんは、こんばんは」と女の声が聞こえた。久はこんな時間に一体誰が来たのだろうといぶかったが、袢纏を羽織って外に出て門を開けた。そこには、予想もしなかった昔懐かしいおヨシが立っていた。

「まあ、誰かと思ったら、おヨシさんでしたか。ほんとに懐かしいのう。寒いからどうぞ中に入ってあがっておくれ。お前さんもどうぞ入っておくれ」

と久は車夫にも声をかけ、二人を居間に通し、熱い茶を出した。

「若奥様、お久しぶりですね、数えてみれば博坊ちゃまが七歳の時お別れして、もうかれこれ十七年にもなりますね。ほんとにお懐かしい」

「私が博を置いて家を出たあとは、おヨシさんが親身になって博の面倒を見てくれたので、博はおヨシさんを本当の母親のように慕っていたそうだね」

「若奥様が出て行かれた後暫くは、毎日奥様を捜されて大変でした」

「よく面倒を見てくれて、ほんとにありがとう。心から礼を言います。ところで、こんなに遅く、どうしてここへ？」

「私は昨日、おツネさんに呼ばれました。そして相場家の大奥様がどうしても若奥様に会いたいと言っておいでなさるので、都合を聞いてきて欲しいと頼まれました。大奥様はお加減が悪くてずっと寝たきりで、もう長くもたないと言っておいででした」

久はその言葉を聞いてびっくりした。あの気の強い義母が私に何の用事があるのだろう？私は二度と相場家に顔を出せない身であるのに……。それにしてもそう長く生きられないとは、よほど重篤な病気に違いない。久は暫く考えていたが、義母に会う決心をした。

「そうだったのかね。私は二度と相場家には行けない身だが、大奥様がそれほどまでに私に逢いたがっておられるのなら、誰の目にもつかないように、夜にでもそっと伺います」

「それでは明日の今頃、また二人でお迎えに来ます。若奥様とは積もる話も一杯あって、もっとゆっくりお話ししたいのですが、今夜は遅いので、これで失礼致します」

久は二人を見送った後、なかなか寝つかれなかった。手土産は何にしようか？　食事は殆ど食べられないと言うし、栄養のあるものでは卵、片栗粉、砂糖、果物では季節柄、林檎やみかんを持っていこうかとあれこれ思案した。そうだ、卵と片栗粉と砂糖を持っていこうと決めて、朝方トロトロと少しまどろんだだけであった。

翌日、約束通りおヨシは二人乗りの人力車に乗って迎えにやって来た。久は昨夜決めて用意をしておいた手土産を持って、早速おヨシと二人で人力車に乗った。昨夜から、義母に逢ったら何と言おうかとあれこれ考え、まずは「定一郎先生へのお悔やみと私の不徳を詫びよう」と思っていた。だが、いざ人力車に乗ってもうすぐカネ子に逢うかと思うと、心は複雑に揺れ動いた。

やがて人力車は相場家の門に着いた。門の鍵は開いていて、人力車は玄関でなくて勝手口に着いた。久が初めて花嫁衣裳を着てここにきた時、門のところにあった白木蓮の花が満開で、夜空に星をちりばめたように白く浮き上がり、そこはかとなく好い匂いが漂っていたが、今は葉も落ちて樹の枝がざわざわと風に揺れるばかりであった。

勝手口は板の引戸であった。久がいた頃とまったく同じであった。中は広い土間があり、大きなかまどが四つ並び、その余熱で茶の湯が沸かせるように、二つの茶釜がおいてあった。昔はかまどの横に薪が一杯積んであったが、今はほんの少ししか置いてなかった。久は、毎朝佐支神社に願掛けに行く時は、この勝手口から出入りしたし、最後にこの家をそっと誰にも見つからないように、博に対して後ろ髪を引かれる思いで立ち去ったのも、この勝手口であった。

昔となんら変わらない様子に懐かしさを覚える暇もなく、待っていたおツネの声がした。

「久さん、ほんとによく来てくれたね。懐かしいのう」

「まあ、おツネさん、ほんとに久しぶりだね。私は、ここに顔を出せる立場ではないのですが……」

「もう昔のことですよ。さあ久さん、早くこちらへ。大奥様が首を長くして待っておいでだよ」

おツネは、車夫におヨシを家まで送って行くように頼んで、久をカネ子の所に案内した。

「さあ、大奥様はでいの間でお休みですよ」

と先に立って案内した。久がいた頃、義父母が使っていた居間を通り越して、一番奥の縁側に面した、昼間は明るいでいの間にカネ子は寝ていた。

今夜はランプを二つもつけて、部屋の中は非常に明るかった。火鉢も二つ置いてあり、それぞれ土瓶から湯気が立っていて部屋の中は暖かかった。久はカネ子が寝ている部屋の敷居をどうしてもまたいで入ることが躊躇われて、部屋の外に座った。おツネが、

「久さん、早く入っておくれ」

と久を促した。久は「失礼します」と頭を下げてから、おツネの後に従った。久はカネ子が寝ている枕元に案内された。おツネはカネ子に言った。

「大奥様、久さんがお見えになりました」

カネ子は布団を深めに被っていたが、その布団を少し下げて顔を出した。久は、カネ子の顔を見るなり、「あっ」と驚きの声を出しそうになった。これがあのお義母さん！　余りにも変わり果てた、まるで骸骨が横たわっているようなその姿に言葉も出なかった。

「久さん、こんな夜遅くによく来てくださった。本当に嬉しいよ」

とかぼそい声でカネ子は口を開いた。久は声も出ず、ようやく「お義母さん」と言っただけであった。カネ子は体を起こして座ろうとしたが、力がなくてどうしても起き上がれなかった。傍に控えていたおツネに向かって「おツネさん、私を起こしておくれ」と言った。

「大奥様、それはとても無理です。久さんとのお話は、寝ていてもできますよ。無理をなさらないでください」

「いや、私はどうしても久さんに、頭を下げてお詫びを言いたいのです。それができなければ、私は死んでも死に切れない。おツネさん、私を起こして支えておくれ」

とおツネに催促した。久は慌てて言った。

「お義母さん、どうか無理をなさらないでください。お話ならば寝ていてもお聞きできますから」

おツネは渋々カネ子の上体を起こして、体の後ろから自分の体を使って支えた。見れば、カネ子はすでに膝に拘縮がきているのか、曲ったまま伸びないようであった。顔や上半身はやせ細っているのに、お腹は異常に膨れていた。久はその時、義母のお腹には水が溜まっていると直感した。カネ子は頭を布団につけんばかりにしてか細い声で言った。

「久さん、思えば私はお前さまにひどいことを言ったり、厳しい仕打ちばかりしてきた。お前さまに優しい言葉の一つもかけてやれなかった。どうか許しておくれ、この通りです」

カネ子は頭を下げた。

「お義母さん、何をおっしゃるのですか。悪いのはこの私の方です。私はお義父さんやお義母さん、そして定一郎先生の顔に泥を塗ってしまい、幼い博には寂しい思いをさせてしまったのです。二度とこの家の門をくぐることができない身なのです」

「久さん、それも私がお前さまに辛くあたって、追い出すようにしたからだよ。どうか許しておくれ」

久がカネ子の手を取ると、二人は暫し涙に咽んだ。

久の心は複雑であった。死を直前にした変わり果てた義母の姿を見た時、あれ程にまで長い間抱いていた怨念は一体どこに行ってしまったのだろう。怨念は憐憫の情に変わり、更に寛容の心に変わった。カネ子は目を大きく開けて、哀願するような眼差しを久に向けた。

「博のことだが……」と持てる力を振り絞って話を切り出した。

「今、東京の慈恵医学校に入学して、あと三年で卒業する予定なんだよ。定一郎が亡くなった時、財産処分をして、私もこの通り病の身になって、恥ずかしながら、博の学費を払うことができないのや。久さん、悪いが博の学費を出してやってくれないだろうか。卒業すれば、ここに帰って医療所を開くと言っているので、お金は必ず返すと思う。久さんならば、それだけの力は持っておいでと思って、まげてお願いする次第です」

カネ子は寝たままで久の手を握り頭を下げた。

「まあ。そうだったのですか。わかりました。博には随分寂しい思いをさせ、勝手に家を出てしまった私は、母親の資格はありませんが、学費は私が出して立派に卒業して貰います。せめてもの私の罪償いです。どうかお義母さんは、安心して自分の養生に努めてください」

「そうか、引き受けてくださるか。ありがとう、ありがとう」

と小さな声が返ってきた。傍でずっと一部始終を聞いていた女中のおツネが声をかけた。

「久さん、奥様は疲れて休まれたようですから、こちらへどうぞ」

とおツネは、隣の自分たちの居間に案内した。そうして、

「久さん、私もあんたに対して、随分ひどい仕打ちをしたと思う。どうか許しておくれ」

と手をついて、深々と頭を下げた。

「まあ、おツネさん、頭を上げておくれ。私の方こそ至らないことばかりでした。どうか許し

てください」

と久も頭を下げた。久は心の中で思った。「この人は、多少、根性悪ではあったが、すべてカネ子の命令に従っただけなのだ」と。恨みは氷解し、むしろ寛容の心に変わっていった。おツネは久が家出をしてから、当日までのことを手短に話し、カネ子が医者より余命幾ばくもないと告げられていること、またこの頃しきりに久に逢いたがっていたこと、その理由は、博の学費の工面のことだったのかと、今日聞いて初めてわかったと言った。

久が、カネ子の所に呼ばれてちょうど三日後、カネ子は眠るが如くこの世を去った。明治四十四年十二月初旬であった。

世間では、相場医療所の大奥様は、「息子さんの後を追った」と専らの評判であった。息子定一郎が他界してから、わずか八ヵ月後であった。

女親方としての頑張り

明治四十五年七月三十日、明治天皇が崩御され、世は大正時代に入る。

久は、ちょうど四十五歳の働き盛りであった。この時、相場家の次男・博は二十五歳。東京慈恵会医院医学専門学校に入学してちょうど一年が経ち、卒業までに後三年あった。岡崎家の長男・雄一は十五歳の中学生、次男・章二は十歳で、まだ小学生であった。下の二人はまだそんなに学費はいらないが、問題は医学校にいっている博であった。久は博に対して、「自ら親子の縁を切ってしまい、親として合わす顔もない、本当に申し訳ない」という呵責の念を抱き続けていたので、この際、何としても医学校を卒業させ、立派に医者にさせてやりたいと思った。あれほど憎んだ義母カネ子ともお互いに許し合い、カネ子のたっての願いを聞き届ければ、夫だった定一郎も許してくれるに違いないと思った。

久はどのような方法で学費を渡したらよいのか、悩んだ。親子の名乗りは生きている限り絶対にないと思っていた。二十年以上も経た今更、博は会ってさえもくれないだろうと思った。

思いあぐねた久は、久々子村の村長を訪ねた。久が嫁入りした頃の村長はすでに他界し、現在は久より五歳年上の武田助左衛門が村長を務めていた。

武田村長は「久さん、よくお出でなさった」と愛想よく迎えてくれた。久は、恐縮してお辞儀した。

「村長さん、私は久々子には足を踏み入れることはできない身なのですが……」

「そんなことはもう古いことだよ。気になさらんと何でも相談しておくれ。久さんが相場家を出て行かれた頃は、村中の評判だったけれど、当時、久さんに同情する者も多かったそうですよ」

「昨年大奥様が亡くなられる寸前、私はそっと大奥様の所に呼ばれました。そしてお互いに二人は、これまでのことは一切、許し合いました。最後に大奥様は私に『博坊ちゃまの学費が乏しいので、卒業するまで学費を出して欲しい』と頼まれました。私は博坊ちゃまに対する罪滅ぼしに、これを快く引き受けました。それで、大奥様は安心して他界されたと聞いております。しかし、どんな方法で学費を渡したらよいのか、と悩んでおります。博坊ちゃまと親子の名乗りもできないし……」

「うーん、そうだったのですか」

武田村長は深く頷いた。暫く考えていたが、ある考えを思いついて口を開いた。

「じゃあ、こうしましょう。当分は、村の経費から学費を立て替えましょう。その代わり、学校を卒業したら必ず村に帰って医療所をやって頂く。その中から、順次返済していただく。ただ、これは名目で、実際は久さんから受け取った学費を村の役場から送ることにします。どうですか？」
「あ、それはいい案ですね。是非そうしてもらいましょう。宜しくお願いします」
と久は、お辞儀をした。久は、その年の四月の新学期から学費の負担をすることになった。

とはいうものの、さて、これから三人の息子を医者にせねばならぬ。学費だけでも相当かかる。早瀬村（正しくは明治二十二年には西郷村の一部になり、同三十一年には北西郷村の一部となった）では、男も女も村の七十パーセント以上の人間は、千歯扱きの行商に出て、かなりの現金収入があり、他の村に比べて豊かな暮らしをしていた。それでも坊仲間の親方をしなければ、高い収入を得ることはできない。幸い久は、もう何年も親方をしていたので、早速八名の坊仲間を作った。

久は「私はこれから三人の息子を何としても医者にしてみせる」と悲壮な決心をした。それには何といっても莫大な金がかかる。必死になって稼がねばならないと思った。

以後、どんなに辛くても、目的を果たすためには、苦労を苦労とも思わなかった。かつて相場家に嫁入りした時、姑対嫁戦争でどうにも我慢できなかった頃を思えば、どんな苦労も耐えることができた。

久は、この年から「麦扱き」も売った。これは早瀬では造っていなかったので、大阪で仕入れて鹿児島まで送った。行商期間は三月から四月にかけて一ヵ月であり、売り上げの利幅は少なかったが、少しでも儲けになることはどしどしやった。麦扱きが終わると一旦早瀬に帰り、五月の終わり頃からは、八人の坊仲間を連れて鹿児島に出発した。鹿児島中央駅前の常宿「満木屋旅館」には、大量の千歯扱き、鋸、干しワカメを前もって送っておいた。旅館の女将さんが声をかけた。

「若狭こっき屋の久さん、久しぶりだのう。ようお出でなさった」

「女将さん、お元気で何よりですね。今年もまたお世話になります。よろしくお願いします」

「今年はいつもより多くの荷物が届いとりますよ」

「今年は、余計に売らねばならんので、八人で来ましたのや。案内人三人ほど頼んでおいたのだが、いつもの人は大丈夫かね？」

「大丈夫だよ。明朝来ると言っておいでだったよ」

久たちは、旅装を解いて一服すると、早速、翌日から売る予定の千歯扱きを取り出して、刃をピカピカに磨いた。

明治四十二年には、鹿児島本線が全通したので、久達一行も、今までよりも更に遠く山奥の田舎へ行商に行くことができるようになった。三人ずつ二組に分かれ、久は、残りの一人、村の若者・隆吉と組んだ。隆吉はちょうど博と同い歳で、二十五歳であった。非常に利発で動作も機敏であり、久は、自分の子供のように面倒を見てやった。研ぎの技術も覚えさせた。

各組には案内兼荷物を担ぐ案内人をつけた。案内人は、天秤棒に前三丁、後三丁の合計六丁の千歯扱きを担いで、村々を訪れた。久は村に着くと、まず一軒一軒、土産のワカメを配って挨拶回りをした。その際、

「昼の食事の後で、村の寄り合い所で千歯扱きの説明をさせて貰います。研ぎは無料でさせてもらいますから、研いで欲しい刃物があったら、持って来ておくれ」

と頼んで回った。また、集まった村の衆の前では、早瀬産の千歯扱きは特殊な刃金を使ってあるので切れ味がよく長持ちすると説明し、下取りもした。久は、非常に口が上手で、適当におだてては相手をその気にさせるのが上手かった。多い時は一日十二丁以上、最低でも六丁は売った。一丁五円以上で売ることが多く、一丁の原価は一円であったから、案内人日当、弁当代、その他諸々の経費を差し引いても、一丁につき三円以上儲かった。更に久は歩合制を作って、予定よりも余分に売った者には、増金（約二十銭）をやったので、若い者は、一生懸命売り歩いたものであった。案内人にもチップをはずみ、より土地の事情に通じた案内人を紹介して貰った。こうして春から秋の初め頃まで次々と、薩摩半島の村々を殆ど売り歩いた。

秋の収穫が始まる頃から集金して回り、十二月初旬頃に早瀬に帰る。帰りには、必ず大阪で一泊した。久は「転んでもただでは起きぬ」主義で、鹿児島で大島紬を安く仕入れて、大阪の船場にある繊維問屋に、倍近くの高い値段で卸した。船場の御寮さんたちが競って買ってくれるので、久は問屋からも非常に喜ばれた。そして久は着物や下着など安く購入しては故郷に送った。久もそれまでは、自分や徳や子供たちのものを買っていたが、その年からは、一切何も買わなかった。無駄使いをやめて、一銭でも多く残して、博の学費にあてねばならなかったからである。

東京慈恵会医院医学専門学校の授業料は年に二回、前期の支払いは百二十五円、それに前期試験料が二十円。後期の支払いは同じく百二十五円で、後期試験料が三十円。それぞれ四月と九月に納めねばならない。当時、大卒銀行員の初任給は月四十円、公務員（高等文官）七十円、巡査十八円、小学校の教員十二円などで、庶民の生活費から比べると、遥かに高い授業料であった。一般の庶民が医学校に行けるはずがないのである。大抵は、医者か資産家の息子、一般の家庭では村か自治体で応援して学校に行かせて貰うかのいずれかであった。

久の場合、一年で千歯扱きを四百丁以上売らなければ家計は苦しかった。以来、毎年三月の行商に出る前に、前期と後期の授業料合わせて三百円きちんと揃えて久々子の村長の所へ持って行った。「女手でこれだけ稼げる人は早瀬にもそんなにいないだろうよ」と村長は感心した。

「博に対してこれぐらいするのは、当然のことです。ただ私には、子供達の面倒をみてくれているおっかさんがいるから、助かります。下の子供達の学費も貯めねばならんので、ぎりぎりの生活ですよ。おっかさんにも子供達にも贅沢をさせなければ、何とかやっていけるので、頑張ります」

村長も、女手一つで三人の息子を医者に育てようとしている久の気迫に押されてしまった。

母子の名のり

博は、村が学費を出してくれていると思い込んで二年、三年と無事に進級できた。あと一年を残した三年の春休みに、久しぶりに墓参りをかねて、久々子に帰ってきた。実家の医療所は空き家になって閉めてあるので、昔、子守りをしてくれたおヨシの家に泊まった。おヨシ夫婦は、大変喜んで博をもてなした。博は、ある噂を耳にしていた。

「おヨシさん、私の学費は村から出してもらっているのでなくて、隣村に住む久という私の本当の母親が出しているとの噂を小耳にはさんだが本当かね？」

「さあ、私は何も聞いてないよ」

「うん、まあいい。明日村長さんに挨拶に行くので、その時聞いてみる」

翌日、博は武田村長の自宅を訪ねた。

奥座敷に通され、程なく村長がにこにこしながら現れた。

「やあ、相場の坊ちゃん、二年ほど会わない間にすっかり逞しくなられましたな、学校の勉強は大変でしょう。東京もだんだん賑やかになってきているそうだね」

「お陰で勉強の方も頑張っております。いよいよ、あと一年で卒業です、春休みにお墓参りに来ました。いつも私のために、村費から学費を送ってくださって本当にありがとうございます」

そこで博は、出された茶を一服すすった。そして、思い切って口を開いた。

「ところで村長さん、私の学費のことなんですが、村のお金ではなく、隣村に住む岡崎久という人が出していると聞いたのですが、本当ですか？」

「……」

村長はじっと俯いて聞いていたが、いつかは本当のことを言わねばならないので、思い切って話し出した。

「坊ちゃん、今まで本当のことを言わなかったのは重々お詫びします。しかし、これには深い理由《わけ》があるのだよ。大奥さんが亡くなられる寸前に、久さんを是非呼んでくれと言われて、そこで久さんが相場宅にやってきた。その時初めて二人は長年のこだわりを許し合われた。そして大奥様は、残りの財産が少なくなったことから、坊ちゃんが卒業して一人前の医者になるまで学費を出してやって欲しいと頼んだのです。久さんは、『母親の私が出すのは当然のことだ』と言って、大金にも拘らず快く承知してくださった。但し、私に『親子の名乗りもできない身なので、学費はどうしたらいいか』と相談され、私の提案で、表向きは村から出したことにしてあげようということになったのです。久さんも、もうすぐ鹿児島に行商に出ると言っておいでだったが、まだ早瀬にいると思う。明日ここに来てもらうから、是非この際、親子の対面をされた方が良いと思う」

博はだまって村長の提案に従う他なかった。

翌日、久は用件も聞かされず、村長の自宅に呼ばれた。村長はおもむろに切り出した。
「久さん、実は昨日、博坊ちゃんが墓参りで帰省したついでに、私の所に寄ってくださった。そして学費を久さんが出しているという噂をどこからか聞いてきて、本当かどうか私に聞かれた。私は、もう三年にもなるので、この際本当のことを言って、親子の対面をした方がよいと思った。昨日、あらかじめ話はしておいた。もうすぐ坊ちゃんとおヨシさんが来るので、久さんもそのつもりでいて欲しい」

久は余りの突然の対面に、どのような言葉をかけたらよいのか頭の中は、真っ白になった。
暫くして二人はやって来た。三人は座敷に通された。正面に村長、久と博は相対して、ヨシは末席に座った。久はずっと俯いていて、博を面と向かって正視することができなかった。博も同じように久を見ることはできなかった。村長は、その場の雰囲気を和らげるように「さあ、皆さん、茶でも飲んでおくれ」とお茶を勧めた。

「さて、今日、皆さんに来てもらったのは、久さんと博坊ちゃんの親子の対面をして頂くためです。博坊ちゃんには初めてのことで、驚かれたことと思うが、久さんにとっても止むに止まれぬ事情があってのこと。どうか許しあって、これからは親子として暮らしてくれるように願ってやみません」

博はずっと腕組みして、俯いている久をじっと見据えた。それからおもむろに口を開いた。

「どんな事情があったか知らんが、子供をおいて家を出て行くような人は、母親とは思わない。私の祖母は、母親は海に落ちて死んだと言っていたので、僕は今でもそう思うようにしている。やがて、後妻がやってきたが、自分の子供達ばかりを可愛がり、いつも僕はのけ者にされた。そんな時、ここにいるおヨシさんが、いつも僕を慰め、可愛がってくれました。僕は、子供の頃は、ずっとおヨシさんを本当の母親と思って慕っていた。今更、何が母親だ！」

と語気を強めて一気にしゃべった。久は、一度も顔を上げることなく、俯いたままで大粒の涙を流しながら聞いていた。村長がとりなすように言った。

「博坊ちゃんのおっしゃる通りだが、久さんの方にも深い事情があってね。それは、定一郎先生が、なかなか医術開業試験に合格されないので、もし次の年も合格できなければ家を出ると決心して、お宮さんに願掛けをされた。それ程強い思いで願掛けをされた。しかし、翌年も後期試験は合格できなかった。久さんが、悲嘆に暮れている時、定一郎先生には東京にねんごろになった女性がいることがわかった。お姑さんとの確執で、毎日が針のむしろの上にいるような生活の中で、夫に女の人がいることを知った久さんは、絶望して、博坊ちゃんを連れて湖に飛び込んで死のうとされた。しかし、将来性のある博坊ちゃんを連れて死ぬことは、余りにも可哀そうであると悟られて、相場家を出て、自力で生きてゆく道を選ばれたんだ。世間体では、神様に嘘をつくことはできないと言って家を出られたことになっているが、本当の理由は、定一郎先生のいない相場家で苛められて辛抱して生きるよりも、自活して自由に生き、いつか見返してやろうと思ってのことだそうだ。このような久さんの気持ちもわかってあげて欲しい」

それまでずっと俯いて泣いてばかりだった久は、さっと顔を上げて、博を見つめた。博もまた久を見つめていた。二人の視線がパッとかちあった瞬間、そこに火花が飛んだ。久にはいつまで経っても、幼いままの博の顔が胸に残っていたが、今はもうすっかり大人になり、逞しい青年の顔であり、その眼差しは定一郎先生譲りの優しい光に満ちていた。博はといえば、幼い頃の微かな記憶では、色白で優しい眼差しの母であったように思ったが、瞼の母ならぬ目の前にいる母は、頑丈な体つきと日焼けした顔、その目は涙で濡れていたが、瞳の奥に慈愛の光を見た。

「博坊ちゃまのおっしゃる通り、どんな理由があっても私に母親の資格はありません。でも、大奥様と約束した通り、博坊ちゃまが医学校を卒業して立派なお医者さんになるまで、私に学費を出させてください。私にできることはそれだけしかありません。せめてもの私の罪滅ぼしです」

それまで一度も口を利いたことのないおヨシが言った。

「博坊ちゃん、若奥様は本当に苦労されたんですよ。いつも陰で泣いておられました。博坊ちゃんと一緒に死のうとされたことも、知っております。どうかこのおヨシに免じて、若奥様を許してあげてください。快く学費を受け取って、一日も早く立派なお医者さんになって欲しい。私からもお願いします！」

おヨシは頭を畳に擦らんばかりにつけて、涙ながらに訴えた。慌てて博はおヨシの手をとって言った。

「おヨシさんにそう言われても困る。おヨシさんは、心配しないでください」

と博はうっすらと涙をにじませておヨシの手を握り返した。だが博の気持ちは変わらず、その日はそのまま別れた。

翌日、博は村長と久の二人宛の手紙を書いて、おヨシに預け、東京に発って行った。村長にはお礼の言葉、久には、興奮して少し言い過ぎたことを詫びる内容であった。博は新学期が始まってからも、心のショックから立ち直れず、だんだんとお酒に依存していき、学校へ行く日が少なくなった。

久はその後も鹿児島から、月に一度は博に手紙を書いて送った。だが博からは、ただの一度も返事は来なかった。

博の生活は荒れていたので、最後の学年は試験を受けることができず留年となった。しかし博はそのお陰で、大変大きい真実を得たのである。博は酒飲み仲間に久の存在のことをどう思うか聞いてみた。いろいろな仲間がいたが、誰一人久を悪く言うものはなかった。

「田舎でよくぞ思い切って、家を出たものだ。普通、女はなかなかそこまではできん。あんたの母親は、働けるという環境と自信があったからよかったなあ」

「一心不乱に働いて、女手一つで子供を学校に行かせるなんて、たいしたものだ。頭が下がるよ」

「お前さんは、自分の小さい時の寂しかったことばかりにこだわっているが、それは、自己中心の子供っぽい態度だよ。母親の方がよっぽど辛かったと思う」

「ちょっとやそっとの金で医学校には行けないぜ。あんたの母親はたいしたものだ。今、母親の送金を断って、自分で働きながら学校へ行くには何年もかかる。母親の送金をありがたく受けて学校に行き、早く卒業した方がよっぽど賢いと思うがなあ」

とことん風な反応であった。

博は、次第に自分の考えは間違っているように思い始めた。だが、まだ「どんな理由があっても俺を置いて家を出てしまったことは、母親としては失格だ」と思う気持ちが強かった。ただ博が困ったのは、学費のことであった。坊ちゃん育ちで働いた経験のない博は、これから先、働きながら学費を稼いで勉強を続ける自信はまったくなかった。

夢の成就

結局、半年近くも迷った挙句、ようやく久と親子の縁を認め合い、学費の援助も受けることを決心した。博は、異父兄弟が二人いて二人とも医者になりたいといっていることを知り、うかうかできないとも思った。

次の年、一生懸命勉強して、優秀な成績で卒業した。時に博二十八歳、大正四年の春であった。卒業後博は、本来ならば久々子に帰って、父の代で閉鎖した医療所を継ぐべきであるが、東京生活が長かった博には、久々子には未練がなく、当時若者の憧れであった軍医になった。久の喜びは如何ばかりであったか。久は、今なお子供達の世話をかけている徳に礼を言い、二人は梅丈岳に登った。

春うららかな日は素晴らしく晴れ渡り、北には青々とした日本海が広がり、南はまるで箱庭のような美しい五湖が光っていた。その時、久は思った。

「私は勝った。相場家にいる時は、姑にひどく虐げられ、離縁する時には、この恨みはきっと晴らしてやろうと堅く自分に誓ったのだが、とうとう私はそれを果たしたのだ」

そう思うと、長年心の奥底に閉まっていたわだかまりがスッと解けて、肩の荷が一つ下りたように思った。何ともいえぬ熱い涙がポロリと頬を伝わった。

だが久には、もう一つ肩の荷があった。二度目の夫との間にできた二人の男の子を医者にすることであった。二人が幼い頃、折に触れて久は言って聞かせた。

「お前たちには兄やんがいて、その兄やんのおとっつぁんは、遠い所の医療所のお医者さんだ。兄やんも医者になるために一生懸命勉強しているそうだ。どうだ、お前たちも将来医者になりたいか？」

長男の雄一はすぐに答えた。

「僕も医者になりたい！　おっかさん、絶対勉強するから」

次男の章二は、まだ医者がなんだかもよく理解もできないで、ただ兄の言うことを真似て「僕も医者になる」と言った。

久は、二人が小さい時から、勉強をしなかったり喧嘩をすると、いつも「そんなんじゃ医者にはなれんぞ」と叱った。幸いにして、二人の息子は頭がよくて、学校ではいつも一、二を争ったほどであった。

大正五年には、兄雄一は中学高等学科を卒業し、いよいよ医学校に進む時が来た。「雄一、お前は東京のどこの医学校に進みたいか？　久々子の兄やんが入った東京慈恵会医院医学専門学校に行くか？」

雄一は心ではそう望んでいたが、どうしても母親には言えなかった。

「おっかさん、僕はそんな学費の高い学校には行きたくない。おっかさんが僕たちを学校にやるためにどんなに苦労して働いているか、僕にはよくわかる。だから、少しでもおっかさんの負担を軽くするために学校の先生に調べてもらったら、千葉医学校は地方の医学校なので、学費も一年で四十円と安く、東京慈恵会医院医学専門学校の三分の一で済むそうだよ」

久は、わが子がこんな優しい言葉を言ってくれると思うと嬉し涙がポロリと頬を伝って流れた。

「お前は本当に優しい子だね。おっかさんはまだまだ元気で働けるから、安心して好きな学校に行ったらいいよ」

雄一はその後、若狭中学高等学校から千葉医学専門学校に進み、四年の課程を経て卒業し、医師免許を得た。大正九年、二十三歳の年であった。卒業証書を手にして早瀬に帰ってきた雄一は、「おっかさん、お陰で無事卒業できました」と言って、持っていた卒業証書を久に手渡した。久は押し戴いて、まるで愛おしいものを見るように眺めながら言った。

「ほんとによう頑張った。これでおっかさんも肩の荷が一つ下りた」

傍から徳も、

「二人が共に一生懸命、頑張ったお陰だよ」

その夜久は、親戚や縁者を集めてささやかながら、祝いの宴を設けた。その時、久の兄・又吉が言った。

「雄一、お前はこれからどうするか？　早瀬で医療所を開くなら、わしも応援するが……」

雄一は言いにくそうに言った。

「お袋には悪いが、僕は暫く海軍病院に入って軍医として働きたいんだ」

久は一瞬驚いた。長年の夢であった、村で開業して村の人たちの健康を守って行くという望みはどうなるのか。当然雄一は、早瀬に帰ってくるものとばかり思い込んでいた。だが久は、

「子供に自分の考えを押し付けてはいけない。私はここまで育てたのだから、これから先は、自分で進むべき道を選べばいいのだ」

と思った。当時としては、非常に進歩的な考えであるが、世間ではなかなかそうもいかなかった。

「仕方あるまい。雄一がそう望むなら、親の考えを押し付けるわけにもいかんで」

久は肩を落として言った。当時、医学校を卒業した若者は、家業を継がねばならぬ者は別として、軍医に憧れたものだった。結局、雄一も軍医となり横浜の海軍病院に勤務した。

大正八年の春、章二が突然母親に切り出した。

「おっかさん、僕は来年、東京の慶応義塾の医学校を受けたい。先生に調べてもらったら、来年から大学になるので卒業すれば、試験を受けなくても、医師の免許が貰えるそうだ」

「え、お前、慶応といえば金持ちか偉い人の息子が行くお坊ちゃん学校だろ。こんな田舎の学校からはなかなか入れないだろう?」

「一生懸命勉強して、必ず通ってみせるから。おっかさん、どうしても慶応に行かせておくれ」

章二はあくまでも母親に食いさがった。「お前の能力で受かるかどうか、担任の先生に相談してみる」と久は言ったものの、不安であった。この子は顔や体形は夫に似ているが、気性の激しいところは自分とそっくりである。小さい時から、一度言い出したら絶対に自分の主張を曲げない子であった。

ここで、慶応義塾について少し説明しておこう。安政五年(一八五八年)、福沢諭吉は蘭学塾を創設、明治元年に慶応義塾と改称した。大正六年(一九一七年)に医学科予科を開設、大正九年、大学令によって大学となり、医学部、文学部、経済学部、法学部の四学部ができた。

久は、担任の先生と面談して尋ねてみた。先生は答えた。

「正直言って、岡崎は非常に頭も良いし勉強もよくする。しかし東京の学校に比べると、こんな田舎の学校は、随分勉強も遅れていて、レベルも低いので、心配です。兄さんのように地方の学校ならば絶対に安全なんだがねえ」

久は帰り道で一人決心した。「とにかく試験を受けさせてみよう。試験に落ちれば、何とかまた違う道を考えるだろうから」

章二は一年間に及ぶ担任の先生の特別指導の甲斐あって、翌年三月、見事一回で慶応義塾大学医学部に合格した。村人達は口々に噂した。

「岡崎の次男は、東京の坊ちゃん学校の慶応にいっぺんで合格したそうな。学費も高いそうな。久さんも大変だな」

章二はその春、意気揚々と上京して慶応義塾大学医学部の第一期生として入学。学校の寮に入ることにした。入学して一ヵ月も経たぬうちに、章二から手紙がきた。手紙の内容は、以下のようなものだった。

「元気でやっている。友達は皆絹の布団で寝ているのに、僕は木綿で縫ってあるので恥ずかしい。絹で縫って送って欲しい。友達がバイオリンを習っているので、僕も習いたい。バイオリンを買う金を送って欲しい」

早速、小遣いの催促であった。慶応医学部の学費は、慈恵医学部よりも少しは安いが、それでも私学なので年間百円で、入学時に半年分の学費五十円、その他諸費用合わせて百円を送ったばかりであった。章二は、夏休みや春休みも帰って来なかった。親しくなった友達の中に箱根の老舗旅館の息子がいて、そこで長逗留した。昼は山歩き、散策、読書、夜は温泉ざんまいの生活であった。

正月には、必ず雄一、章二は帰省し、相場家の次男・博もやって来て、賑やかであった。三人の息子のうち、二人はすでに医者となり、一人は医学生。三人ともすでに立派な青年となって、酒を酌み交わし、医療談議に花が咲いた。久は酌をしながら、息子三人を医者にするという夢もあと一歩と思うと、心が躍った。

その後、章二は首席で卒業し、卒業後は大学の教授に認められ、将来学者に成るべく、生理学を専攻した。昭和四年の春であった。

久の生涯は、この頃が最も充実していた。三人の息子を医者にするという長年の夢を実現し、息子たちはそれぞれ自分の決めた将来に向かって歩んでいた。ただ、三人ともこの村に帰って医療所を開くつもりがないのには、一抹の寂しさを覚えた。

久は六十二歳となり、頭には白いものが目立ち始めたが、これといった病気一つせず元気でまだまだ働けた。しかしこの頃から、稲扱き機は、千歯扱きから回転式足踏み式脱穀機にとって代わり、徐々に千歯扱きは売れなくなっていった。

梅丈岳に登りて

次男章二が慶応義塾大学医学部を卒業した昭和四年（一九二九年）、新緑のみずみずしい五月晴れの日、久は、一人で梅丈岳に登った。

久はこの時、六十二歳、頭は白髪が増してきたが、行商で鍛えた体はまだまだ頑健であった。久は、継母の徳と一緒に登りたかったが、徳はこの時七十歳の坂を越え、膝関節痛のため杖をついて歩くようになり、一緒に登ることは無理であった。

海抜四百メートル、幾つもの曲がりくねった山道をゆっくり登っても三十分はかかる。山頂は少し平らになっていて、木の腰かけが置いてあった。その日は非常に穏やかで、眼下に見下ろす三方五湖は陽光を浴びてキラキラと光っていた。

久は、故郷の方角をじっと見詰めた。遥か向こうの細長い久々子湖がちょうど海に接した所に、生まれ故郷の早瀬村や、そこから山一つ越えた所に最初の嫁入り先、即ち久々子村や、二度目の夫の在所、日向湖のある笹田村の家々が小さな点となって見えた。久は、椅子に腰掛けて、この景観を眺めながら自分の人生を振り返ってみた。

明治に入って、どんどん近代化されて行く日本にあっても、一歩地方に行けば、まだ封建制度が残り、男尊女卑の思想も強かった時代の中で、女性は高等教育も受けられず、親の決めた一本道を行くしかなかった。

「しかし私は、すべての犠牲を払ってでも、自分の思った自由の道を求めて飛び出してしまった。夫のいない家で姑の厳しい嫁いびりに耐え切れず、母性も恥も外聞も振り切って飛び出してしまった。その時私は、『江戸の仇を長崎で討つ』というように、いつか必ずこの恨みは晴らすと心に誓った。縁あって再婚し、二人の男児をもうけた。結局二度目の夫も、こともあろうに従妹と浮気して出て行ってしまった。私は、男運は悪かったが、幸いにして子供運がよかった。長男は夭折したが、三人の男児を授かった。二度目の夫と離婚した時、この二人の男児は私一人で育て、医者にして村で医療所を開かせ、村の人達を助けさせようという夢を持った。このことが、義母や夫に対する私の意地であり誇りであると心に誓った。『事実は小説よりも奇なり』というが、あれほど栄えた嫁ぎ先の医療所が、夫の代で消滅してしまうなんて夢にも思っていなかった。結局は、長男も私が医学校を卒業させた。長年あれ程までに私を蔑んだ義母が私に頭を下げたのは、何としても医学校の学費を援助して長男を卒業させたかったからでなかったか。でも、死を直前にした人間に対しては、長年抱いたどんな恨みも許して消えてしまう。もしあの時、私が家を出ていなかったら、夫も早死することもなく、医療所の奥さんで一生を終えたであろう。いや、私はもうこれでいいのだ。過去は一切振り返らない。折角三人の息子を医者にしたのに、一人も村に帰って来ず、一抹の寂しさを覚えたが、これも時代の波で、親が強制的に従わせることは無理なのだ。

今や、千歯扱きは、数倍も効率の良い回転式足踏式脱穀機に取って代わられつつある。本家の兄は、先を見越して千歯扱きの行商を止め、醤油製造業を始めた。私は、三人の子供が医学校を卒業して一人前になったのを機に、行商を止めて兄の仕事を手伝いながら、私をこれまで陰になり日向になって支えてくれた継母の徳を介護し、最後まで看取りたいと思っている……」

梅丈岳山頂より遥か生まれ故郷を眺めた。

「そうだ。私には明日がある、これからは自分のために生きよう」

と決心するのだった。

久の瞳の先には、どこまでも続く碧い空と柔らかい初夏の光を浴びた若狭の海と五湖が広がっていた。

著者プロフィール

久嵜 掬子（ひさざき きくこ）

昭和11年　広島県呉市生まれ
昭和36年　信州大学医学部卒業
昭和37年　大阪大学医学部附属病院第一内科入局
昭和56年　久嵜病院院長
平成11年　医療法人良秀会久嵜病院院長
平成14年　医療法人良秀会津久野藤井クリニック院長
平成21年　同クリニックにパートとして勤務、現在に至る。大阪府堺市在住。

平成6年　書を須崎海園に師事、師範免許取得（雅号　掬泉）
著書に『茜雲』（2008年、文芸社刊）がある

三方《みかた》の海　母の愛は恩讐を越えて

2012年 2 月15日　初版第 1 刷発行

著　者　久嵜 掬子
発行者　瓜谷 綱延
発行所　株式会社文芸社
〒160-0022　東京都新宿区新宿1－10－1
電話　03-5369-3060（編集）
03-5369-2299（販売）

印刷所　株式会社平河工業社

ISBN978-4-286-11024-0